유희

유희

1쇄 발행일 | 2018년 09월 17일
2쇄 발행일 | 2018년 10월 08일

지은이 | 김소래
펴낸이 | 윤영수
펴낸곳 | 문학나무

편집·기획실 | 03085 서울 종로구 동숭4나길 28-1 예일하우스 301호
이메일 | mhnmoo@hanmail.net

출판등록 | 제312-2011-000064호 1991. 1. 5.
영업 마케팅부 | 전화 | 02-302-1250, 팩스 | 02-302-1251
ⓒ김소래, 2018

ISBN 979-11-5629-079-7 03810

유희

김소래 소설

문학나무

내면의 유희에 관하여

남의 얼굴을 참 많이 쳐다봤다. 치과의사의 하루 일과는 사람의 얼굴을 바라보는 일로 시작하고 마친다. 30여 년을 치과의사로 살아왔으므로 내가 다른 이의 얼굴을 보면서 보낸 시간들을 더해 본다면 상당한 양이 될 것이다. 비단 나뿐만 아니고 이 시대를 살아가는 대부분의 사람들은 다른 이의 얼굴을 바라보며 하루를 채울 것이다. 소통이 일의 주를 이루는 서비스업이 많은 시대적 상황 때문이기도 하겠지만, 우리는 서로 얼굴을 바라보아야 할 일이 많다.

당연한 말이겠지만 사람의 얼굴은 모두 다르다. 모양도 다르지만 얼굴에 나타나는 표정 또한 참 다양하다. 안모근육 몇 가지가 그처럼 다양한 느낌을 표현해낼 수 있다는 사실도 놀랍지만, 각양각색의 표정에서 일정한 패턴을 감지해내고 상대의 내면까지 읽어내는 인간의 능력은 신비롭기까지 하다.

사람의 표정 밑에 흐르는 내면의 세계는 어떠할까?
얼굴에서 보이는 것보다 더 다양한 것들이 내면에 흐르고 있으리라는 것은 쉽게 짐작할 수 있을 것이다. 내 안을 들여다 봐도 수많은 생각들이 끊임없이 흐른다. 가끔은 명확하기도 하지만, 대부분 모호한 내용들의 이 흐름은 내 의식이 살아 있는 동안 결코 끝나지 않을 것 같다. 굽이쳐 흐르지만 표면에서는 그 흐름을 전혀 느낄 수 없는 깊은 강물처럼, 표정에서는 별 움직임이 보이지 않아도 내면에는 끊임없이 흐르는 무언가가 있다.
다양한 얼굴과 표정을 접해 오면서 사람들의 내면에 흐르는 것들이 기억과 꿈이 혼재된 일종의 이야기임을 어렴풋이 감지하게 되었다. 내가 만난 사람들은 누구나 자신만의 이야기를 품고 있었는데, 이야기는 내면의 유희이며 에너지이며 안식처였다. 산에 수많은 생물들이 살고 있어서 아름답듯이 사람은 내면에 수많은 이야기가 살고 있어서 아름다웠다.

사람들의 이야기들을 접하며 자연스럽게 글을 쓰고 싶다는 열망을 갖게 되었다.

그러나 내면을 바라보는 일은 얼굴을 쳐다보는 것처럼 단순하지 않아서 쉽게 보이지도 않았지만 본 것들을 글로 표현하는 작업은 더 어려웠다. 곧 기술적인 한계에 부딪치고, 내 안의 스토리부터 들여다보기로 했다.

그런데 내 것을 풀어놓는 일도 만만치 않았다. 내면을 꺼내놓는다는 것은 속옷 정도를 내보이는 것과는 비교할 수 없는 진한 부끄러움이었고, 무엇보다 내가 가진 경험이라는 것이 빈약해서 온전한 스토리가 되려면 많은 수정과 덧붙임이 필요했다. 즉 이야기의 전개와 연장을 위해서는 타자의 경험을 가미하거나 상상력의 동원이 필수적이었다. 이 점에서 소설이라는 장르는 참으로 좋은 도구다. 상상을 가미할 수 있다는 것, 아니 그 상상력의 영역으로 이야기를 확장할 수 있다는 것은 큰 즐거움이자 매력이다.

글을 써가며 사람의 뇌가 기억하는 것들이 다 진실은 아닐 수 있다는 것도 알게 되었다. 내가 실제로 경험한 기억이라 해도, 사실은 감지될 당시 내가 인식하는 수준에서 받아들여진 것뿐이고 다시 내 안에서 재구성되어 쌓인 것들이다. 그리고 시간이 지나면서 다른 경험이나 인식, 상상이 가미되어 결국 재창조된 사연들인 것이다. 그러므로 사람의 기억은 엄밀히 말하면 넌픽션이 아니라 픽션이라고 해야 옳을지도 모른다. 나아가, 모호한 기억이나 생각이 상상력의 힘으로 구조를 갖춰 선명한 실체가 되었다고 생각해보면 소설이 실화보다 더 실제적일 수도 있다.

　사람들이 스토리를 만들고 듣고 읽고 보기를 좋아하는 것은 누구나 끊임없이 이야기를 만들어가는 내면의 유희를 즐기는 동질성 때문인지도 모른다. 그러므로 누구나 소설가이며 이야기꾼일 수 있다. 나도 그런 이야기꾼들 중의 한 사람이므로 하루 종일 일에 지친 몸으로 밤마다 글을 읽고 쓰고 있는 것이다. 글을 쓴다는 것은 내면의 유희를 대놓고 각색해가는 과정이어서 보석을 캐는 채굴업자가 느낄 만한 쾌감도 있다.

　가끔은 내 속에 모여 있던 이야기들이 서로 먼저 나오려고 아우성치기도 한다. 내가 날마다 바라보는 사람들의 얼굴 아래 흐르는 이야기들도 튀어나올 기회를 찾고 있으리라는 사실을 떠올리면 쓸 거리가 무궁무진하다. 내 무딘 언어로 쉽지는 않겠지만 그 이야기들을 최대한 정밀하게 그려야겠다. 물론 거기에 상상이 가미될 것이다. 내 기억을 찾아 풀어놓는데도 상상력이라는 도구가 필요한데, 하물며 남의 얘기를 하며 상상이 덜 들어갈 리는 없다. 혼신을 다해야만 하는 일이라서 힘

은 들겠지만, 또 다른 이야기꾼인 독자의 마음에 잔잔한 위로
와 즐거움을 준다면 족하다. 밤마다 하는 내 노곤한 작업에 대
한 보상으로 충분할 것이다.

　처음 내는 작품집이라 아직 내 기억의 산물들이 많다. 그러
나 앞에서 언급했듯이 상상력이 가미되어 재구성된 이야기들
이라서 내 추억의 본질과 소설과는 전혀 다른 형태가 되었다.
그러므로 내 개인적인 역사의 기록이라고 주장한다면 터무니
없는 일이다.

　소설쓰기라는 이 즐겁고 대단한 작업을 하도록 도와주신 서울
대 우한용 명예교수님, 소설가 윤후명 황충상 선생님, 같이 글을
나누고 충고를 아끼지 않은 문우들, 내 개인적 역사의 한 자락에
서 만나주었던 수많은 얼굴의 사람들에게 깊은 감사를 드린다.

　이 글이 나오기까지 세심한 배려와 격려를 아끼지 않은 남
편과 늘 바쁜 엄마를 용납해주고 잘 자라준 두 딸 은수, 희수
에게 이 책을 바친다.

2018년 9월
북한산의 서쪽자락에서

김소래

작가의 말

차례

스토리 유희

소영이 취조실 문을 나설 때, 이 형사는 그녀의 어깨를 뒤에서 바라보았다. 뭔가 중요한 것을 흘려보내는 서운함이 일었지만 그는 그대로 앉아 소영이 나간 문만 한참동안 바라봤다. 어린 시절 홀로 있던 오후처럼 적막하고 쓸쓸한 감정이 몰려들었다.

스토리 유희

"나이 30세, 직업 유치원 교사, 성명 김소영, 맞습니까?"

이 형사는 어투에 각을 세워 취조를 시작했지만 좀 피곤했다. 오전에 사기횡령 피의자와 진을 빼고 오후 들어 난데없는 농번기 들녘 순찰까지 다녀왔는데, 들어오자마자 너저분한 아동성추행 사건까지 떠맡게 되어 기분까지 가라앉았다.

말끝마다 이 고장 인심을 들먹이는 계장은 거추장스런 일거리는 그에게 떠맡기는 경향이 있었다. 작은 읍내에서는 몇 사람 건너면 아는 사이라서 공정한 수사를 위해 외지인인 그가 적격이라는 이유를 댔지만, 그런 사건들은 대부분 퇴근시간을 종잡을 수 없는 일이었다. 이 형사가 독신이라서 안성맞춤이라는 말까지 덧붙이는 것도 마뜩치 않았다. 계장이 말하는 푸진 인심이란 이 고장 출신들의 끼리끼리 문화요 사리를 모르는 촌사람들의 의리라는 생각이, 요즘 들어 이 형사의 심중에 들어앉았다. 전근 온 지 6개월 만에 그는 떠나왔던 도시가 벌써 그리워졌다.

인적사항 확인에 고개를 끄덕이는 소영에게 그는 미간을 찌푸리며 모든 질문에는 명확한 음성으로 답해야 한다고 주의를 주었다. 이 형사는 눈을 다시 모니터로 모으고 자판 위에 손을 얹은 채 말했다.

"쓸데없이 시간 끌지 말고, 후딱후딱 진도 나갑시다. 김소영 씨는 강가람이란 5세 남아의 바지를 내리고 둔부와 허벅지를 만진 적 있습니까?"

"네. 하지만 약을 발라주기 위해서……."

"바지를 내리고 만지긴 했는데, 약만 발랐다?"

사건으로 엮으려 드는 질문형식에 답답함을 느낀 소영이 낮은 한숨을 내쉬며 덧붙였다.

"가람이는 부모님의 학대로 몸에 상처가 있는 날이 많았어요."

"하긴 아이의 엄마가 계모인데다 폭행으로 몇 번 조사받은 기록은 있던데……."

타이핑해가던 손을 멈춘 이 형사가 혼잣말을 했지만, 곧 정색한 얼굴로 되돌아가 물었다.

"유치원이 끝나고 강가람을 늦게까지 데리고 있었던 건 맞죠?"

"가람이가 무서워서 집에 가길 싫어했거든요."

"방과 후 거의 매일 아이를 데리고 있었다는데 대체 아이와 뭐했소?"

"아이를 돌봤어요. 스토리 유희를 하면서."

"스토리 유우히? 그게 뭐요?"

"일종의 놀이치료 같은 거죠."

"치료라면 사례비는 받고 했습니까?"

"흠— 아닙니다."

"요즘 세상에 돈 나오는 일 없이, 성추행한다는 오해까지 받아가며 한 아이만을 위해 놀이치료를 했다는 얘긴데."

"어느 시대에나 돈과 상관없이 다른 사람을 위해 일하는 사람은 있어요."

　또박또박 대답하는 소영을 이 형사가 고개를 들어 쏘아보았다. 인중과 콧날이 도드라져 눈길은 잡았지만 젊은 아가씨치고는 고집이 있어 보이는 눈이 미인이라는 말을 붙이기에 적절치 않아보였다. 살집이 좀 있는 칙칙한 피부도 촌스러워 보였다.

이 형사의 매서운 눈과 마주친 소영은 자신의 주장이 그의 심기를 건드린 건 아닌지 마음에 걸렸다. 대다수 사람들은 자기 의견에 동조하지 않은 상대에게 반감부터 갖기 일쑤이며 특히 젊은 여자가 그럴 때는 참지 못한다는 것을 소영도 알기 때문이다. 담당형사와 감정싸움을 벌렸다가는 자신에게 불리해지는 것은 당연한 일이었다. 걱정이 된 소영이 변명처럼 낮게 덧붙였다.

"나에게도 그런 사람이 있었으니까요……."

"김소영 씨에게 그렇게 한 사람이 있었다?"

이마에 주름을 잡고 중얼거리는 이 형사를 보면서 소영은 어떻게든 그를 이해시켜야 이 상황에서 벗어날 수 있겠다는 생각을 했다.

명훈이 이사 왔을 때는 내가 여덟 살이 되던 봄이었다.

그해 나는 학교에 입학하지 못했다. 여덟 살이 되었는데도 말을 잘 하지 못했기 때문이다. 해가 거실 마루에 넘실댈 때까지 진수가 뒹굴던 일을 생각하면, 유치원이 쉬는 일요일이었을 것이다. 심심해진 나는 거실 유리창 턱에 팔을 기대고 밖을 내다보고 있었다. 아직 이른 시간이라서 강둑으로 이어져 누운 도로에 행인은 보이지 않았다. 강 건너 하천은 이제 막 물 오르는 잡풀들로 연둣빛을 띠었지만 가까이 보이는 강둑에는 겨우내 지친 마른 갈대들이 후줄근하게 서 있었다. 전날에도 그 전날에도 본 그저 그런 풍경이었다. 멍한 내 시야 속 멀리, 뿌연 먼지를 달고 강변도로를 타고 오는 흰색 차가 보였지만 개의치 않았다.

그런데 당연히 지나가버리리라 여겼었던 흰 지프차가 앞 가 겟집 옆길로 들어섰다. 차가 그 집 뒷마당에 설 때는 숨을 죽 이고 바라보았다. 가게는 1년 전에 이미 문을 닫았고 그 집엔 아무도 살지 않았기 때문이었다. 가겟집 뒷마당을 지나 우측 으로 몇 개의 계단을 올라오는 우리 집에서는 그 집의 뒷마당 이 훤히 보이고 현관의 유리창과 출입문이 비스듬히 내려다보 였다.

흰 스웨터를 입은 남자가 차에서 내려 마당 입구에 있는 산 수유나무 쪽으로 걸어가 노란 꽃무리를 올려다보았다. 아직 추위가 완전히 물러서지 않은 3월인데도 초봄 빛에 취한 가지 에는 연노랑 꽃구름이 뭉실뭉실 걸려 있었다.

"꼬마야, 저 아저씨 누구야?"

언제 일어났는지 진수가 곁으로 다가와 있었다.

"으음, 나, 나―도 모몰―라."

고개까지 저어 대답했다.

"바보 멍청이."

내 얼굴에 쏘아붙인 진수는 곧바로 운동화를 구겨 신고 아랫집으로 달렸다. 나도 거실에서 내려가 할머니가 신던 빛바랜 푸른 플라스틱 슬리퍼를 푼더분하게 신었지만, 남자가 앞집 현관문을 열고 들어가는 모습을 지켜보기만 했다. 앞집 마당을 가로지른 진수는 현관 유리 출입문에 붙어 두 손을 얼굴 양옆에 대고 안을 들여다봤다. 잠시 후 문을 빠끔히 열고 엉거주춤 고개를 들이밀더니 진수는 안으로 들어가버렸다. 한참을 기다려 봐도 진수도 남자도 다시 나오지 않았다.

나도 아랫집으로 내려가 반쯤 열린 현관문 사이로 집 안을 기웃거렸다. 남자는 천장의 전등을 쳐다보며 수첩에 무언가를 적고 있었다.

"꼬마야, 이 아저씨 이사 왔대."

마당에 서 있는 나를 본 진수가 소리치자, 고개를 돌린 남자가 들어오라는 손짓을 했다.

"진수 누나니?"

쭈뼛거리며 들어서면서 고개만 주억거렸다. 남자가 엷은 미소를 지으며 다시 물었다.

"이름이 뭐니?"

"으응 또, 쏘.용.이."

"또용이?"

나는 고개를 저었다.

"쏘 또영이."

나는 정확하게 발음하려고 애썼지만 남자는 알아듣지 못한 표정이었다.

"쏘영이 아니고 소영인데요. 희희희, 꼬마는 말 잘 못해요."

진수가 옆에서 명쾌하게 답해주었다. 나는 새빨개진 얼굴로 고개를 끄덕였다.

"누나한테 꼬마라고 하면 되나? 소영이 누나라고 해야지."

남자가 가게 쪽 미닫이를 열었다 닫았다 하며 문을 점검하면서 진수에게 주의를 주었다. 진수는 언제나 나를 꼬마라고 불렀지만 그때까지 누구도 그걸 지적하지 않았다. 엄마도 이웃들도 내 이름을 불러주지 않았다. 언제나 그랬으므로 나는 꼬마라고 불리는 것에 불만조차 느끼지 않았고 당연하게 여겼었다. 그러나 그 순간, 그 남자, 명훈이 나도 꼬마가 아닌 이름이나 누나로 불릴 수 있음을 일깨워주었다. 그 깨달음은 아직 눈 덮인 강둑에서 처음 피어난 노루귀꽃을 발견했을 때처럼, 누구에게라도 달려가 붙잡고 말해주고 싶은 기분이었다.

우리가 가겟집이라고 부르는 앞집은 과자류와 소주, 막걸리를 파는 미니슈퍼였는데 1년 전 가게가 치워진 후 비어 있는 상태였다. 알루미늄 셔터에 자물쇠가 채워진 앞집은 밤에도 불이 꺼져 있어 적막했다. 다행히 가게 옆에 가로등이 있어 앞집 뒷마당을 거쳐 우리 집으로 올라오는 길은 어둡지 않았다.

우리가 살던 그곳에는 마을에서 외따로 떨어진 네 가구가 전부였다. 우리 집, 가겟집, 옆 노부부의 기와집과 뒤쪽 언덕에 있는 큰 슬래브 집이었는데, 슬래브 집은 민박집이었다. 마을 남쪽에는 굽어진 섬진강이 흐르고 그 강둑으로 이어지는 도로가 지났다. 가겟집 앞 길 밑은 수심이 깊어 예전에는 나루터였다고 했다. 나루터에서 500여 미터 하류는 수심이 얕아져 물결이 자잘한 소리를 내며 흐르는 여울목이었다. 여울 건너 강가는 은빛 모래톱이 넓게 펼쳐져 있었다. 모래밭이나 나루터를 찾아오는 행락객과 낚시꾼들 덕에 민박집은 소일거리로 괜찮다고 했다. 우리도 집을 개조해 민박이나 해볼까? 돈이 있다면 싹 쓸어버리고 펜션을 지으면 좋으련만, 일 나가기 싫은 날 엄마가 하는 푸념이었다.

명훈이 이사 오기 3년 전, 우리는 서울에서 외할머니가 혼자 살던 그 집에 내려왔었다. 엄마는 할머니에게 우리를 맡기고 읍내 다방으로 출근을 했는데 할머니가 마당에 쓰러지신 것은 그로부터 1년 후였다. 내가 엄마가 일하는 다방에 전화

를 걸어 "할미 따따 쓰어따다." 알리고 나서 엄마의 빨간 마티
즈가 앞집 뒷마당에 도착한 것은 2시간이나 지난 후였다. 벼
베기가 한참일 때라 들판으로 커피배달을 나간 엄마가 소식을
전해 듣고 최대한 빨리 올 수 있는 시간이었다. 내 말을 이해
못한 다방마담이 엄마에게 정확히 전달하지 못했기 때문이다.
그때는 진수가 네 살이어서 발음 나쁜 내가 말을 할 수밖에 없
었다.

할머니가 돌아가시고, 여섯 살 때부터 나는 진수를 돌볼 만
큼 조숙했지만 말을 잘 못했다. 여덟 살인 그때까지도 말할 일
이 생기면 주로 진수에게 대변을 시켰다. 그렇다고 벙어리는
아니었다. 말은 하는데 발음이 명확하지 않고 더듬어서 사람
들이 알아듣지 못했을 뿐이다. 사실 나는 말을 배우고 연습할
기회를 갖지 못했다. 다섯 살 때 이사 온 그 마을에는 내 또래
가 아무도 없어 말을 나눌 친구가 없었다. 할머니도 말수가 없
었고 밤에 퇴근하는 엄마는 주로 핸드폰으로 문자를 하거나
게임에 빠져 지냈으므로 내가 또렷한 발음을 못했던 것은 당
연할지 모른다.

그러나 그런 이유로 말을 못했다고 주장한다면 논리에 맞을
지는 몰라도 옳은 말은 아니다. 왜냐면 오리가 꺽꺽거리는 것
처럼 비슷한 발음만 반복하는 나와는 다르게, 같은 환경에서

자란 진수는 말이 유창했기 때문이다. 우리가 다른 점은 엄마가 관심을 보이든 말든 진수는 달라붙어 말을 해댄다는 것이다. 나는 발음도 불명확한 말을 하는 것이 쑥스러워 구석에 없는 듯이 앉아 엄마와 진수가 나누는 대화를 속으로만 되뇌었다. 진수는 유행하는 랩까지 몇 소절 부를 정도로 말을 잘했다. 그래서인지 사람들은 진수는 꼭꼭 이름을 부르면서 나는 언제나 꼬마라고 칭했다.

명훈이 온 며칠 후부터 그의 지프는 합판이나 석고보드 같은 건축 자재들을 실어 날랐다. 뒷마당에 작업용 탁자를 세운 그는, 귀에 연필을 꽂고 합판과 각목에 자를 대 줄을 긋고 톱질을 했다. 진수와 내가 앞집 마당가에 쭈그려 앉아 그의 작업을 지켜보고 있을 때 퇴근하는 엄마의 마티즈가 들어왔다. 우리 집은 계단을 올라와야 해서 엄마는 평소에 차를 앞집 뒷마당 산수유나무 아래 세워두곤 했다. 차에서 내리며 엄마가 명훈에게 물었다.

"혼자서 인테리어를 끝낼 참이야?"

"돈은 부족하고 시간은 남아서……."

"그런데 왜 갑자기 내려왔어?"

"일도 잘 풀리지 않고, 이 가게 세도 안 나가서 커피숍이나 해볼까 하고, 또 이곳에 너도 있고."

엄마는 풋— 헛웃음을 지으며 진수의 손을 잡고 우리 집으로 향하는 계단을 올랐다. 샤방샤방한 시폰 치마의 금잔화 꽃무늬가 엄마의 미끈한 허벅지 위에서 나풀거렸다. 엄마의 뒷모습을 바라보고 서 있는 명훈의 앞을 지나 나도 계단을 올라왔다.

다음날 남자친구를 데려온 엄마가 말하는 걸 듣고 명훈에 대해 더 많이 알게 되었다. 키가 큰 엄마의 남자친구는 항상 털이 길게 몇 가닥 콧구멍 밑까지 내려와 있어 나는 마음속으로 그를 코털이라고 불렀다.

"저 밑에 집, 가시나처럼 허여멀겋고 비실대는 짜식은 누꼬?"

"명훈이? 어렸을 때 친구야, 이 마을에서 함께 자랐어. 가게를 하던 걔네 엄마가 돌아가시고 세를 내놨는데 잘 안 됐는지 나가버렸어. 명훈이는 서울에서 바리스타를 했나봐. 남 밑에 있느니 지 가게 해보겠다고 내려왔대. 그런데 커피숍이 되겠어? 이런 촌구석에서."

코털과 엄마의 대화였다.

엄마는 종종 집에 들어오지 않은 날도 있었다. 그럴 때 진수와 나는 라면을 끓여 먹었다. 라면이 없으면 시리얼이나 과자로 끼니를 때우기도 했다. 진수는 아무거나 잘 먹었지만 엄마가 없다는 사실에 불안해지면 짜증을 냈다.

"밥 먹고 싶어. 꼬마 넌 여덟 살이나 먹었는데 밥도 못해? 말도 못하는 멍청이."

진수가 먹던 비스킷을 내 얼굴에 던지며 볼멘소리로 외쳤다. 진수는 짜증이 나면 나를 바보 취급함으로써 기분을 달래는 버릇이 있었다. 두 살 위였지만 말을 못하고 주눅이 든 나는 반박도 못했다. 진수는 말도 잘할 뿐만 아니라 천방지축이라 싶을 만큼 당찼다. 엄마는 그런 진수를 좋아했다.

"제 아비가 티미하더니 딸조차 그래, 그런데 진수는 제 아빠처럼 똑 부러진걸 보면 유전자는 못 속이나봐."

코틸에게 하는 엄마의 말을 통해 나의 어리바리함이 아버지의 영향임을 알고 있었다.

한참 짜증을 부리던 진수가 결국 수그러든 음성으로 물었다.

"꼬마 누야, 엄마 오늘은 와?"

진수가 누나라는 호칭을 붙일 때는 많이 아쉬울 때였다.

"밤에 와?"

나는 고개를 좌우로 돌렸다.

"누나야, 엄마가 내일도 또 그 다음날도 안 오면 어떡해?"

진수가 두 번이나 누나라고 부르며 눈에 물기를 담고 올려다보았다. 나도 불안하고 무섭기는 마찬가지였다. 우리는 손

유희

을 잡고 함께 엄마 침대로 가서 누웠다.

다음날 아침 깨어났을 때는 동쪽 창으로 들어온 볕이 이미 방에 가득했다. 진수는 여전히 자고 있었다. 침대 아래 요에서 엎드려 잠들어 있는 엄마가 보였다. 갈색으로 물든 곱슬곱슬한 파마머리를 드리운 엄마의 등 위로 분홍색 슬립 끈이 화사했다. 등과 어깨의 희고 매끈한 살이 보드라운 새 이불처럼 포근해 보이고 엄마의 예쁜 팔에 둘러쳐진 품속에서는 따뜻하고 그윽한 무엇이 설설 끓어 증기처럼 피어오르는 것 같았다. 갑자기 엄마에 대한 그리움이 울컥 올라왔다. 울먹이며 침대에서 내려가 엄마의 어깨를 슬며시 살살 어루만졌다. 눈을 뜨지도 않고 엄마가 중얼거렸다.

"으—웅, 엄마 피곤해. 꼬마야 제발 잠 좀 자자 으—웅?"

거실로 나와 유리창 틀에 팔을 얹고 서서 언제나처럼 밖을 내다보았다. 가겟집 마당에서 명훈은 벌써 작업 중이었다. 흰 메리야스 차림으로 대패질을 하는 명훈의 팔은 볕에 탄 동네 농부들처럼 검지 않았다. 얼굴피부도 환했다. 명훈의 흰 어깨를 한참 동안 넋을 놓고 바라보았다. 그의 환한 얼굴과 매끈한 팔뚝에서는 아침이슬 머금은 갈대 잎에서처럼 싱싱하고 산뜻한 풀냄새가 날 것만 같았다.

소영의 얘기를 듣고 있던 이 형사는 희고 도톰한 여인의 맨살을 떠올렸다.

시내버스에서 내려 낮은 슬레이트 지붕을 인 옹색한 집들 사이를 한참 지나면 그의 집 쪽으로 이어진 고갯길이 나왔다. 세멘이 부서져가는 좁다란 계단 옆 둔덕에, 바위의 따개비들처럼 다닥다닥 붙은 집들 맨 위쪽에 그의 집이 있었다. 고등학교 1학년 여름이었다. 비지땀을 흘리며 계단을 올라 낡은 판자 대문을 밀고 들어설 때였다. 치마를 걷어 올리고 다리를 씻고 있던 새어머니는 들어서는 그를 보고 허겁지겁 치마를 내렸다. 살집 도톰한 새하얀 여인의 허벅지가 눈부시게 고왔다. 새어머니를 대상으로 성적 환상을 가질 만큼 막나가는 소년은 아니었는데, 그 후 그는 새어머니가 목욕하는 늦은 밤을 기다리곤 했다. 목욕하는 여인의 몸을 보기 위해 구멍 난 창틀에 숨을 죽이고 눈을 대고 있었다.

이 형사는 생각을 떨구기 위해 고개를 흔들고 곧 소영을 취조하는 업무로 되돌아왔다.

"김소영 씨, 겨우 8세 아이가 성인 남자에게 그런 감정을 느꼈단 말이요?"

"어른이 느끼는 감정이면 아이도 느낄 수 있어요."

"그렇다면 김소영 씨는 여섯 살인 강가람에게도 성적 감정을 가졌겠군."

"아이는 어른이 느끼는 것을 느낄 수 있지만, 어른이 아이처럼 느끼지는 않죠. 아잇적 형사님이라면 제 말을 그런 식으로 왜곡해서 해석하지는 않았겠죠."

"말장난 그만하고, 아가씨는 강가람에게 성적 감정을 느꼈소? 아니오?"

"사람 속이 여러 겹이라 어느 결에 그런 감정이 숨어 있었는지는 모르죠. 그러나 내가 감지하는 선에서는 아이에 대한 안타까움과 동정심뿐이었어요."

"감정의 겹 수 같은 것은 여기선 따질 문제가 아니고 표출된 사실위주로 얘기합시다. 충고하자면 그게 아가씨에게도 유리할거요."

안타까움과 동정심뿐이라는 소영의 말에 이 형사는 무게를 두지 않았다. 새어머니의 몸을 훔쳐보던 자신의 감정에 부끄러운 감정이 섞이지 않았다고 그는 말할 수 없었다. 그녀가 정말 그렇게 생각한다면 그녀도 감지하지 못하는 감정의 왜곡일 뿐이다. 촌사람들은 단순해서인지 감정의 왜곡이 심했다. 넓은 들판과 섬진강가 흐드러진 벚꽃을 보고 사는 사람들이라서 이 고장 인심이 좋다는 계장의 주장도 얼마나 단순한 발상인지. 그가 있던 인천에도 봄이면 아파트마다 벚꽃이 흐드러졌지만 인심 좋다는 얘기는 없었다.

하긴 도시에서도 감정의 왜곡은 없지 않았다. 전에 근무하던 인천경찰서에서는 대부분 직원들이 짜증의 늪에 빠져 있었다. 살인, 강도, 폭행 사건들에 파묻혀 살면서 농번기 들판이나 순찰하는 이곳 형사들처럼 인심타령이나 하며 지낼 수는 없는 일이다. 그런데도 서은경은 그것을 문제 삼았다. 항상 짜증 섞인 그의 말투에 질렸다나. 시니컬한 그의 의식에 문제가 있다나. 그는 자신이 유달리 짜증이 심했다고 생각하지 않는다. 다만 논리적인 성격 때문에 더 시니컬하게 보일 수는 있었다. 하지만 정확한 판단과 절제된 감정처리는 장점으로 여기며 살아왔다. 서은경도 처음에 그의 솔직한 말투에 끌렸다고 했었다. 그런 그녀가 돈 잘 버는 약사에게 가겠단 말을 그렇게 표현한 것은 감정의 포장인지 왜곡인지 모를 일이었다.

서은경 순경의 결혼 후 같은 청에서 얼굴 대하는 것도 쉽지 않아 그는 홧김에 아예 멀리 지방으로 내신을 신청했는데 덜컥 발령이 나버렸다. 이제 보니 시골사람들이야말로 감정의 왜곡 속에 살아가고 있다. 그렇게 쉽게 전근을 택할 일이 아니었다.

명훈은 가게 유리문 알루미늄 창틀을 검은색으로 바꾸고 유

유희

030

리에는 갈색 선팅을 했다. 커피기계를 들이고 원목 탁자를 몇 개 들여 카페를 열었다. '커피 & 디저트, 스토리 유희' 갈색바탕에 흰 글씨로 쓰인 목간판도 달려 있었다.

"명훈이 자식, 현실감각 없기는…… 이런 촌구석에서 누가 비싼 원두커피를 마셔, 쯧쯧, 또 스토리 유희가 뭐야? 무슨 하이틴 영화 제목 같네."

엄마가 카페 앞에 서서 혼잣말을 하고 있을 때 명훈이 치열을 드러내 환하게 웃으며 문을 열고 나왔다. 엄마가 카페로 들어가 탁자에 앉자, 짧은 데님 반바지 아래로 볕에 탄 갈색 다리와 경계가 선명한 흰 허벅지가 드러났다. 나는 엄마 옆 의자에 앉고 진수는 벌써 계산대 뒤 커피머신이 있는 주방으로 들어가 이것저것 만지기 시작했다.

"스토리 유희? 무슨 뜻이야?"

"평생교육원에서 심리공부를 좀 했어. 그러나 이건 순전히 내 생각인데 스토리에는 사람을 치유하는 능력이 있어. 이곳이 유희와 치유가 있는 공간이 되었음하고……."

엄마의 물음에 명훈이 설명했다.

"장사가 되려나? 이곳 농사꾼들은 입맛이 달착지근한 다방 커피 수준이니까."

"큰 기대는 안 해, 가게를 비워두는 것보다는 낫겠지? 가게

세는 안 들어가니까."

"하여간 그 느긋함은 여전하군. 성질 급한 내가 보기엔……."

엄마가 명훈에게 살짝 눈을 흘기며 말했다.

"성질 급해서 넌 서울로 달아나버렸니? 스물도 되기 전에 애부터 낳고?"

명훈의 말에 엄마는 눈을 더 크게 흘기며 웃었다.

"내가 일 나가면 애들만 집에 있는데 네가 와서 잘 됐어. 아들—."

엄마가 긴 리듬으로 낭랑하게 진수를 불렀다. 다가온 진수를 안아 무릎에 앉히고 볼에 입을 맞춘 다음, 턱으로 나를 가리켰다.

"이 꼬마는 아직 말은 못해. 바보는 아닌 것 같은데……."

진수를 소개할 때와는 달리 엄마의 목소리에 힘이 빠졌다. 나는 얼굴을 붉히며 고개를 숙였다.

"소영이도 똑똑하던데."

"그렇게 보일 때도 있긴 한데, 말을 아직……. 휴— 내년엔 학교에 가야 할 텐데 걱정이야. 안 보내면 법에 걸린다는데……."

엄마에게 짐이 된 것 같아서 나는 고개를 더 깊이 숙였다. 명훈에게 내 빨개진 얼굴을 보이기도 싫었다.

진수를 초등학교 병설유치원에 바래다주는 일은 날마다 내가 했다. 유치원을 다니지 못했기에 진수의 교실도 신기했지만 내 나이 또래의 아이들이 더 궁금했다. 실내화를 갈아 신으며 장난치는 1학년 아이들을 독서하는 흰 소녀상 뒤에서 훔쳐보다 돌아오던 길이었다. 산수유나무 아래 서 있던 명훈이 나를 불러 팥알만큼 자란 초록 산수유 열매송이를 내밀며 물었다.

"글자는 아니?"

나는 고개를 끄덕였다. 엄마가 구해온 중고 한글나라 교본으로 혼자서 공부해 한글은 어느 정도 알고 있었다.

"그래? 그럼 스토리 유희로 말수만 늘리면 되겠네. 날마다 진수 데려다주고 이리로 와. 아저씨도 오전엔 손님이 없어서 심심하거든."

그렇게 나는 스토리 유희를 시작했다. 명훈은 A4용지를 주고 무엇이든 세 가지를 그려보라고 했다. 날마다 보는 강, 강변도로와 하늘을 빼면 내가 아는 세계는 단순했다. 집을 그리고, 집으로 가는 길과 집 앞에 나무를 그려 작은 풍선을 가지에 여럿 매달았다. 산수유를 생각해서 그린 것이었다. 명훈이 꼬마 풍선들은 무엇이냐고 물었다.

"산 뚜우 유."

"오, 산수유? 그래 맑게 잘 익은 산수유는 탱탱한 빨간 풍선 무더기처럼 보이지? 소영이 표현력이 아주 좋구나."

처음 듣는 칭찬은 그 풍선 무더기를 타고 하늘로 날아오르는 기분이었다. 명훈은 내가 그린 길의 크기, 길을 가다가 만나게 될 사람이나 동물, 그 길에 이어질 다른 길까지 질문을 계속했다. 처음엔 띄엄띄엄 단어만 말하던 나도 점차 여러 단어를 말하게 되고 다음날에는 더 많은 단어들이 나왔다. 한 주가 지나자 단어들을 이어 간단한 문장도 만들었다.

산수유가 도토리만큼 자란 늦여름에는 스토리까지 만들 수 있게 되었다. 4등분한 A4용지에 그림을 그리고, 밑에 상상해낸 스토리를 적어 풀로 붙여 작은 책을 만들었다. 스토리 그림책이 완성될 때마다 명훈은 칭찬과 감탄을 아끼지 않았다.

산수유가 주황빛을 띠어 갈 때쯤에는 나도 말하는 데 어느 정도 자유롭게 되었다. 적어도 진수보다는 어휘도 풍부하게 긴 문장으로 말할 수 있었다. 그즈음엔 진수도 내 새로운 스토리 책이 나오면 빨리 읽어달라고 아우성일 때였다. 골이 나거나 다급할 때를 제외하고는 진수가 나를 꼬마보다는 누나라고 더 많이 불러주었다.

듣기만 하던 이 형사가 불쑥 물었다.

"그 스토리 유희라는 것 정말 효과가 있는 게 확실해요?"

"전 확신해요. 말을 잘하게 됐고, 상처를 치유시켜 줬으니까요."

"스토리가 상처를 치유했다? 가람이란 아이도 김 선생님과 하는 스토리 유희를 좋아하던가요?"

처음으로 이 형사가 소영을 선생님으로 칭했다.

"그럼요. 이야기를 만들고, 이야기를 듣고 싶은 의지는 인간의 본성 중 하나죠."

"그럼 이렇게 고소까지 당하고도 계속 강가람을 돌볼 생각이요?"

"그만두면 그 아이의 상처를 어떡해요?"

소영이 이 형사를 빤히 쳐다보며 물었다. 엉겁결에 눈이 마주친 이 형사는 잠시 소영의 눈을 응시하다 고개를 숙였다. 성실하고 정직한 신념과 부드러움이 버무려진 눈이었다. 촌 아가씨가 맹랑할 만큼 당당하다.

엄마가 집을 나간 이후 그의 얘기에 귀를 기울여주는 사람은 없었다. 잠시 머무는 새어머니들은 언제나 타인들이었다. 초등학교 1학년 아이가 혼자서 보내는 오후는 길고 적막하고 외로웠다. 밤늦게 들어온 만취한 아버지는 잠자는 아이의 따귀를 때려 깨우고 무릎을 꿇려 훈시를 해댔다. 여인들에 대한 애증을 어린 그에게 쏟아내던 아버지, 졸음에 고꾸라지는 아이의 목덜미를 잡아 질질 끌고 마당에 던진 아버지였다. 눈 쌓인 마당에서 속옷바람으로 떨던 밤이 떠올랐다. 이 형사는 가볍게 몸을 떨며 고개를 들어 소영을 다시 찬찬히 바라보았다.

'많은 것이 녹아 갈무리되면 눈빛이 저러나? 정제되고 절제된 소신이 고집으로 보일 수도 있겠지.'

주황빛 산수유가 새빨개지고 투명하게 변해 갈수록 내 언어수준은 학교에 가기에 충분해져갔다. 엄마의 예상대로 명훈의 카페는 그리 잘 되지 않았다. 낚시꾼이나 행인들이 오가고, 강변도로를 타고 가던 차들이 멈춰 커피를 사가기도 했지만 진수와 내가 늘 드나들어도 될 만큼 한가했다.

엄마가 집에 일찍 오는 날이면 코털의 오토바이가 요란한 소리를 내며 뒤따라왔다. 오토바이가 카페 뒷마당에 놓이고 코털이 건들거리며 우리 집 계단을 오를 때 그를 바라보던 명훈은 눈을 감곤 했다. 코털이 입고 있는 가죽 잠바에서는 육포 냄새가 심했고 눈에는 항상 핏발이 서 있어 가까이 가고 싶지 않았다. 그러나 엄마는 코털이 오지 않은 밤이면 전화를 받지 않은 그에게 쉼없이 문자를 날렸다. 코털은 집에 오면 엄마가 출근한 후에도 늦잠을 자고 정오쯤 일어나 오토바이를 타고 떠나곤 했다. 나는 진수를 유치원에 데려다준 후 바로 카페로 가서 스토리 유희를 하며 지냈다.

그날은 하필 가을 낚시대회가 있어서 카페에 내가 차지할 자리가 없어 일찍 집에 돌아온 날이었다. 방문이 열린 엄마 방 침대에서 엎드려 자는 코털을 보며 들어와 싱크대에서 라면을 끓이던 중이었다. 갑자기 뒤에서 몸을 껴안았다. 코털의 큰 손이 내 얼굴을 만졌다. 무언가 묵직하고 단단한 것이 내 등에 비벼졌다. 헉헉거리는 숨소리와 함께 육포 냄새가 났다.

"아저씨 꺼 볼라꼬?"

고기 썩은 냄새를 풍기는 더운 입김이 귀에 가득 찼다.

"아재는 니가 말 몬해도 괴안타. 아니제 요새는 말도 잘 하데이. 아재 말 자알 들으면 똑똑하다고 해줄기다."

그는 한껏 다정스럽게 말하며 내 등에 단단한 물건을 계속 비벼댔다. 그의 품을 벗어나려고 몸부림쳐 봤지만 소용없었다. 쿵쾅거리는 심장이 멎을 것 같은데 그가 내 입술에 입을 맞췄다. 그의 혀에서 흘리는 침이 내 얼굴에 범벅이 되었다. 썩은 육포 냄새가 진동했다.

"누야, 오늘은 카페에 사람 엄청 많다이……"

돌계단을 달려 올라온 진수가 숨을 헐떡거리며 문을 열었다. 코털은 나를 놓고 천천히 화장실로 들어갔다. 나는 빙그르르 쓰러지듯 주저앉았다. 진수가 쓰러진 내 옆에서 소리쳤다.

"꼬마야, 누야, 누야. 아저씨 누나가 아파요. 도와주세요."

한참 후 화장실에서 나온 그는 빙긋이 웃으며 우리를 내려다보더니 다시 방으로 들어가 엄마 침대에 누워버렸다.

그 일을 나는 엄마에게도 진수에게도 명훈에게도 말하지 않았다. 그러나 스토리 유희를 진행시킬 수는 없었다. 집중이 안 되기도 했지만 숨이 잘 쉬어지지 않고 컥컥거리는 증상이 나타나 아무것도 하지 못했다. 엄마는 그런 나를 보며 넌 어떻게 된 애가 숨도 제대로 못 쉬냐며 얼굴을 찌푸렸다. 엄마에게 털어 놓겠다고 마음을 정한 날, 밤늦게 술냄새를 풍기며 들어온 엄마는 곧바로 침대에 쓰러져버렸다.

스토리 유희를 진행하지 못하는 나를 보고 명훈은 아무것이나 그리라며 A4용지를 내밀었다. 나는 연필을 쥐었으나 어떤 생각도 떠오르지 않았다.

"소영이가 요사이 왜 힘이 없을까, 어디 아프니?"

그가 다가와 내 머리를 쓰다듬었다. 나는 발작적으로 머리를 세차게 흔들며 일어섰다.

"왜?"

눈을 크게 뜨고 바라보는 그를 의식해 다시 의자에 앉아 연필을 들고 A4용지 귀퉁이에 깨알처럼 작은 개미를 그렸다. 명훈이 내 눈치를 살피는 것이 부담스러워 다시 개미들을 그리고 있는데 그가 물었다.

"그 개미들을 어떻게 하고 싶니?"

순간 치를 떨며 연필을 휘어잡고 힘껏 눌러 어지럽게 선을 그어 개미들을 뭉개갔다. 연필심이 뚝 부러졌다. 명훈이 말없이 바라보다가 말했다.

"집에 가지고 가서 이야기를 만들어 적어보렴. 그리고 그 얘기는 내게는 보여주지 않아도 돼."

그날 저녁식탁에서 엄마에게 물었다. 그때쯤 내 발음은 꽤 정확했다.

"엄마는 코털 아저씨 좋아해?"

"왜? 넌 싫으니?"

눈살을 찌푸린 엄마가 묻자 천천히 고개를 끄덕였다. 엄마는 날 뚫어지게 쳐다보다가 진수를 향했다.

"진수 넌?"

"나도 싫어."

대답을 들은 엄마가 길게 한숨을 내쉬었다.

한 달쯤 지났을까? 늦은 오후, 코털이 불쑥 혼자서 집에 들어왔다. 진수와 나를 흘끔 보더니 그대로 들어가 엄마 침대에 누웠다. 우리는 카페에 가려고 거실을 살금살금 걸었다. 방에

서 코털이 불렀다

"꼬마야."

대답이 없자 그가 명령했다.

"물 좀 줘."

열린 문틈으로 보니 코털은 침대에 반쯤 누워 담배를 피우고 있었다. 진수가 소리죽여 말했다.

"물만 떠다주고 와."

"같이 가자."

소리를 안 내고 입 모양으로 진수에게 사정했다.

"물 빨리 안 갖고 오고 머 하노?"

방에서 코털이 버럭 소리 질렀다. 진수는 내게 얼른 가보라는 눈짓을 한 후 현관문을 열고 달아나버렸다. 겁이 났다. 지난번 싱크대 사건도 생각났다. 그러나 내가 그의 말을 듣지 않으면 엄마에게 어떻게 대할까 걱정이 되었다. 그와 헤어지면 슬퍼할 엄마 얼굴도 떠올랐다. 머그컵에 물을 담아 그가 누워 있는 안방 문턱을 넘어갔다. 침대에 베개 두 개를 겹쳐 반쯤 누운 코털이 담배연기를 허공에 내뿜어 동그라미를 만들며 쳐다보고 있었다. 쭈뼛쭈뼛 걸어가 컵을 그에게 내밀었다. 그의 손에 물 컵이 들리자마자 뒤돌아 달리는데 굵고 단호한 목소리가 나를 잡았다.

"컵 가져 가래이."

되돌아가 문가에 섰다. 꿀꺽꿀꺽 소리가 방에 울렸다. 그는 다시 담배를 입에 물고 컵을 내밀었다. 살금살금 다가가 한 손을 컵으로 향했다.

"어허 양손으로."

담배를 입에 문 채 명령했다. 두 손으로 조심스럽게 컵을 잡자, 갑자기 큰 손이 내 두 손을 덥석 움켜잡았다. 그는 여유로운 태도로 천천히 컵을 침대 협탁에 놓고 나를 안아 올려 무릎에 앉혔다. 발로 발버둥치는 나를 누르며 손으로는 소리 지르는 내 입을 막았다. 그의 발과 팔에 눌리고 억센 손에 입을 막힌 나는 파닥거리는 새처럼 발버둥쳤으나 소용없는 일이었다. 그는 계속 담배를 입에 문 채 한 손으로 내 왼손을 잡고 손가락을 어루만졌다. 손가락 사이사이를 벌려가며 천천히 쓰다듬었다.

물고 있는 담뱃재가 내 머리 위로 떨어져 머리카락이 타버릴지도 모른다는 걱정이 일었지만 그가 내 손가락에만 관심을 보여 마음은 좀 놓였다. 잠시 후 그는 한 손으로 내 약지와 중지 사이를 벌려 자신의 손가락으로 꾹 눌러 고정했다. 왼손은 다시 조정해서 내 입과 가슴을 팔꿈치로 요령 좋게 제압한 후 숨을 들이쉬어 느긋하게 담배를 빨았다. 그리고 오른손으로 담배를 입에서 꺼내 이글대는 주황빛 담뱃불을 내 약지의 내면 흰 살 위에 대고 눌렀다. 지그시 계속 눌렀다.

왼손을 바들바들 흔들며 맨발로 스토리 유희 카페로 달렸다. 손목을 부여잡고 흔들며 눈물을 줄줄 흘리는 나를 보고 명훈은 놀라 이유를 물었지만 겁에 질린 나는 말조차 할 수 없었다. 코털의 오토바이가 떠나는 소리를 듣고서야 까맣게 살이 타들어간 내 손가락을 명훈에게 보여줄 수 있었다. 명훈은 바셀린을 찾아 바르고 감자를 으깨 발랐지만 나는 울음을 멈추지 못했다.

그가 욕실로 데려가 세수를 시키고 코를 풀어주었다. 그러자 아픔에 흐느끼면서도 따뜻한 내 눈물이 다시 내 몸으로 스며드는 것처럼 점차 마음이 녹기 시작했다. 명훈이 나를 무릎에 앉히고 손가락을 호호 불어줄 때는 그의 머리와 얼굴에서 풍기는 냄새가 그윽하기까지 했다.

"명훈이 너 뭐하는 거야?"

카페 문을 밀치고 들어온 엄마의 눈이 분노로 일렁였다.

"이 어린애한테? 너 변태니? 더러운 자식 어쩐지 이런 촌구석에 들어왔더라니."

엄마는 달려들어 내 손을 명훈의 손에서 낚아챘다. 엄마의 억센 손에 잡힌 내 화상 입은 손가락이 다시 담뱃불로 지지듯이 뜨거웠다. 땅에 주저앉았다.

"일어나."

엄마가 나에게 목청껏 소리 질렀다.

"그 손 놓지 못하니?"

명훈도 엄마에게 지지 않았다.

"넌, 네 딸이 지금 무슨 일을 당했는지 아니?"

명훈이 내 손가락을 펴서 엄마 눈 아래 들이밀었다.

"누가? 네가 이랬어? 나쁜 놈 내가 미우면 미웠지 어린애를……."

엄마가 명훈에게 달려들었다.

"네가 좋아하는 그 자식이야. 그 자가 담뱃불로 소영이를 이렇게 만들었어. 잔뜩 심심했나보지."

명훈답지 않게 비아냥거림이 섞여 있었다. 엄마가 아랫입술을 지그시 깨물었다.

"넌 정말 바보구나, 예전이나 지금이나. 사람 마음을 그리도 모르니? 내가 이곳에 왜 왔겠니? 네가 돌아왔다기에 왔더니."

명훈은 말을 하다말고 문을 열고 도로로 나가 여울목 쪽을 바라보고 섰다. 엄마는 그의 뒷모습을 멍하니 바라보다 내 어깨를 붙들었다. 카페를 나와 한손으로 코를 횡 풀어 던지는 엄마는 울고 있었다.

서리가 무성해지자 잎사귀조차 보이지 않는 가지에서 산수유 열매가 얼말라가며 탄력을 잃어가고 있을 때였다. 저녁을 차려주고 나간 엄마가 오래도록 오지 않았다. 진수는 이미 잠이 들고 나는 불 꺼진 거실의 유리창에 기대서서 엄마가 오기를 기다렸다. 가겟집 옆 가로등 아래 명훈의 외투를 걸친 엄마와 명훈이 걸어오는 모습이 보였다. 둘은 손을 잡고 카페의 뒷마당을 거쳐 우리 집으로 오는 길로 들어섰다. 명훈이 엄마가 걸친 외투의 깃을 여며주고 엄마의 얼굴을 어루만지며 머리를 넘겨주었다 엄마의 얼굴이 불빛 아래 보였다. 명훈을 향해 웃는 얼굴이었다.

가슴에서부터 목으로 뭔가 뜨거운 것이 올라왔다. 순간이었지만 소중한 것이 내게서 떨어져간 실망과 아픔이었다. 그러나 맹세코 그 느낌은 아주 순간이었다. 나는 유리창에 기대어서서 명훈이 아빠가 되면 좋을 것이라고 그리고 엄마가 행복하면 나도 기쁘다고 그것이 바로 내가 원하는 것이라고 생각하기 시작했다. 이제 코털을 보지 않아도 된다고 그래서 나도 행복하다고, 그런 생각들을 꾸역꾸역 내 속에 집어넣어 뜨거운 무언가를 식혀가고 있었다.

유회
■■

"그런 기억들이 불우한 아이들에게 관심을 갖게 했다는 얘기긴데……."

이 형사의 말투가 많이 누그러졌음을 느끼며 소영이 고개를 끄덕였다.

"앞으로도 계속 스토리 유희를 시도할거요?"

"관심을 줘야 할 아이를 만나면."

"이건 개인적인 질문인데, 그런 불행한 사건들은 사람을 독하게 만들지 않나요? 열악한 환경에서 살아남으려면 사람이 저절로 강해지던데……."

"독해지는 것과 강해지는 것은 다르죠."

"엄밀히 말하면 그렇겠군요."

소영이 자신의 말을 정정해 주는 것에 흠칫하며 이 형사는 어정쩡하게 대답했다. 정확하고 절제된 언어표현은 그의 자부심이었다. 긴장을 놓았나 보다.

"환경이 아무리 열악해도 한 사람만 있다면, 관심을 주는 한 사람만 있다면……. 저에게 명훈아저씨가 있었고, 가람에게도 그런 사람이 필요하지 않겠어요? 어둠속에서 빛은 더 강하게 느껴지죠. 아세요? 사람은 악보다 선에 더 쉽게 매료되고 사랑이 전염된다는 것?"

"사랑도 전염이 된다? 그럴듯한 말이긴 한데……. 그렇게 사는 것 피곤하지 않나요?"

"선에 끌려 있으면 평안해져요. 사람은 이기적일 때 피곤하죠."

이 형사에게는 소영의 말이 당신이 늘 피곤한 이유는 바로 네 이기적인 생각 때문이라는 주장처럼 들렸다. 이 형사는 순간 발끈했다. 확실히 건방지고 당돌한 여자임에 틀림없다. 긴장을 풀 일이 아니었다.

"이번에는 어떻게 넘어갈 수 있겠지만 다음에 또 고소나 고발이 들어오면 쉽지 않아요. 통속적인 잣대는 의외로 설득력이 강하니까. 노처녀가 남아를 데리고 매일 시간을 보낸다, 사건 만들기 어렵지 않아요."

이 형사는 그녀가 결혼을 했다면 그런 오해로부터 조금 자유로울 것이라고 여겼지만 덧붙이지 않았다.

소영이 취조실 문을 나설 때, 이 형사는 그녀의 어깨를 뒤에서 바라보았다. 뭔가 중요한 것을 흘려보내는 서운함이 일었지만 그는 그대로 앉아 소영이 나간 문만 한참동안 바라봤다. 어린 시절 홀로 있던 오후처럼 적막하고 쓸쓸한 감정이 몰려들었다.

그는 천천히 일어나 복도로 나갔다. 창을 통해 내려다보이는 경찰서 앞 정원은 늦가을 석양빛에 덮여 주황빛을 띠었다.

낮은 회양목으로 둘러쳐진 화단가 벤치에 소영이 앉아 있었다. 소영의 눈길이 닿아 있는 곳에 빨간 열매로 뒤덮인 나무가 보였다.

'저 게 산수유인가? 그런데 왜 저기 산수유나무가 있었다는 것도 난 여태 몰랐지? 수없이 그 앞을 지나쳤는데. 저 이상한 여자가 내게 산수유를 보여주려고 마법이라도 부렸나?'

이 형사는 자신이 진짜 마녀를 만났을지도 모른다는 생각을 잠깐 했다. 주황빛에 뒤덮인 정원도 마법 속처럼 모호했다.

이 형사는 고개를 저으며 창에서 떨어져 섰다. 퇴근이나 해야겠다며 돌아서는데 소영이 벤치에서 몸을 일으키는 것이 보였다. 그는 다시 되돌아 그녀를 주시했다. 정문 쪽으로 걸어가는 소영의 뒷모습을 이 형사는 눈으로 계속 쫓았다. 홀린 듯이 그녀의 걸음걸이 한 발짝 한 발짝을 눈에 담았다. 경찰서 정문을 지난 소영이 좌측으로 꺾었다.

경찰서 왼편에는 음식점들이 늘어선 먹거리 골목이고 그 길 끝은 다가구주택들이 많은 언덕길로 이어질 것이다. 이 읍에서 가장 낙후된 곳이었다. 지난주에 성폭행이 일어났던 곳이다. 그녀의 방도 그 다가구주택 어디겠지. 그래 주소가 그쪽이었어. 무척 가난하겠군. 그런데 저런 사람에게 가난이나 부 따위가 무슨 의미…… 생각을 이어가던 이 형사는 갑자기 서둘러 복도를 지나고 계단을 두 개씩 뛰어 내려갔다.

마당으로 내려간 그는 빠른 걸음으로 뛰다시피 걸었다. 정문을 지나 소영이 갔던 왼쪽으로 향했다. 정문 앞에서 경비 중이던 의경이 경례를 했지만 그는 대꾸도 없이 뛰기 시작했다. ✱

— 2018년 『문학나무』 여름호

마
이
디
어
다
나

"이제 당신들의 영혼이 굳어 플라스틱이 되어가기 때문이야. 화석? 박제? 에이 뭐라고 불러야 할지 모르겠네. 형씨들이 그깟 플라스틱 로봇을 연인으로 삼으니 감정이 박제가 되어가지. 연인이 몸만 섞으면 연인인가? 정확히 말하면 몸 섞는 것도 아니지. 플라스틱에 네 정액이 스며들 리가 없지. 인간은 인간과 몸으로, 마음으로, 영혼으로 교류가 필요해 이 친구들아!"

마이 디어 다나

403호 박은 지문인식기에 왼손 검지를 대려다 말고 생각을 바꿔 초인종 버튼을 눌렀다. 이제 다나가 있어서 빈집에 직접 문을 열고 들어가지 않아도 되니 나쁘진 않았다. 10초가 지나, "오 달링! 어서 오세요!" 솔음으로 시작된 경쾌한 다나의 음성이 흘렀다. "문 열어." 박이 낮게 명령을 내리자, 3초 후 '띠딩' 걸쇠가 풀렸다.

"따—닥 따—닥 따—닥." 귀에 익은 하이힐 리듬이다. 문 손잡이를 잡은 채 그는 고개를 돌려 여자를 찾았다. 집에 돌아온 402호 여자는 번호키를 누르고 있다. 여자의 등에 드리운 풍성한 머릿결을 바라보며 그는 숨을 멈췄다. 다시 숨을 깊이

들이마실 때 자두향이 느껴졌다. 10여 미터 거리가 있는 지금, 여자의 샴푸향이 그의 숨결로 끌려올 리 없지만 그녀를 지나칠 때마다 맡았던 시고 달착지근한 향을 기억해냈다. 여자가 들어가고 402호 현관문이 닫히고 나서야, 박은 숨을 입으로 길게 내쉬며 403호 문을 당겼다.

"오! 달링."

다나가 현관으로부터 2m 떨어진 자리에서 턱을 비스듬히 꼬아들고 매력적인 포즈로 맞았다. 입술까지 쏘옥 내밀고 뽀뽀를 기다리면서. 3호 박은 다가가 다나의 허리를 안고 내민 입술 위에 가볍게 입을 맞췄다. 들고 있던 서류가방을 다나의 오른손에 걸쳐주고, 젖가슴을 쓰윽 쓸어 만지고는 방으로 향했다.

"저녁식사는 일곱 시, 여유시간 30분입니다."

성질 사나운 사장을 대하는 훈련된 비서처럼 다나가 그의 등뒤에서 공손하게 알려주었다.

"오케이."

그는 오른손만 뒤쪽으로 까딱 들어 보였다.

얼굴의 물기를 닦으며 욕실에서 나온 박은 대기 중인 다나에게 수건을 던지고 거실 소파에 몸을 깊숙이 던졌다. 반질반질하게 닦여진 탁자 옆에 다나가 반듯하게 세워놓은 그의 퇴근가방이 보였다. 그가 던진 젖은 수건을 세탁통에 넣은 다나가 어느새 그의 곁으로 다가왔다.

"오늘도 즐거웠죠? 달링."

"전―혀, 부장새끼가 또 딱딱거리더라고……. 지난번 내 디자인이 잘 안 팔린다나."

"그랬―군―요."

다나가 동조를 표하는 이 대꾸에는 특유의 리듬이 섞였는데, 박은 그 음이 늘 마음에 들지 않았다. 불안정하게 귓바퀴에 걸려 있듯이 걸리적거렸다. 신경 쓰지 않으려고 애쓰면서 얘기를 계속했다.

"단추에 금을 좀 코팅했더니 원가가 너무 높다나 뭐라나……."

"그랬―군―요."

"지네들이 마케팅을 좀 했어야지. 마케팅이 형편없어 못 팔고는 괜히 디자인 타박은……."

"그랬―군―요."

다나는 똑같은 톤과 박자로 '그랬―군―요'로 반복해서 응답했다.

"이제 그만, 그랬―군―요 스탑!"

박이 귓바퀴의 거슬림을 더 이상 참지 못하고 버럭 소리를 질렀다.

"쏘리, 쏘리. 달링!"

다나는 두 번 고개를 끄덕이며 사과했다.

"휘우—."

3호 박은 포기하고 눈을 질끈 감아 안구운동을 시작했다. 단추회사 디자이너인 그는 화려한 색상의 컴퓨터 화면을 보는 직업 때문인지 늘 눈이 피로했다. 부장에게 타박까지 맞은 오늘은 더 심했다.

"저녁식사가 준비되어 있어요. 양파 50g, 당근 50g, 돼지고기 100g, 밥 200g, 올리브유 15ml, 총 1105Kcal 하이라이스, 입니다."

다나의 장황한 설명이 오늘따라 지루하게 느껴진 그는 그것도 고쳐놔야겠다고 생각하며 식탁에 앉았다.

"구웅—물이라도 준비했어야지."

입에 가득 하이라이스를 넣은 그가 퉁명스럽게 말했다.

"네?"

음식을 대충 썹어 넘기고 나서, 말하기 싫은 그가 중얼거렸다.

"관둬. 너한테가 아니야, 입력을 안 시킨 내 잘못이지."

"네?"

"관두라니까, 넌 모든 말에 대꾸를 하려들어 탈이야."

"네?"

"내 참 성가셔서. 제 옆에서는 혼잣말도 못한다니까."

"네?"

"아니 이게. 조용히 못해?"

그는 벌떡 일어서서 다나에게 다가가 오른쪽 쇄골 위에 부착된 검은 스위치를 눌러버렸다.

"띠링ㅡ."

403호 아파트가 적막해졌다.

6개월 전, 이 독신자 아파트 4층 남자들은 여성형 휴머노이드 로봇을 시가보다 30% 저렴한 가격으로 구입할 수 있었다. 공동구매이기도 했지만, 다나3 출시를 앞둔 Science Machine 로봇㈜이 다나2를 밀어내기 판매하고 있었기 때문이다.

S.M 로봇에서 처음 출시된 휴머노이드 로봇은 주로 치매노인들에게 책을 읽어주고 말상대가 되어주던 헬퍼1이었는데, 곧 어린이의 감성에 맞춰 놀아주는 헬퍼2, 가사도우미와 친구를 겸한 헬퍼3로 발전하여 선풍적인 인기를 끌게 되었다. 헬퍼3 매출로 재미를 본 S.M 로봇은 모양을 조금 바꿔 아예 독

신자 전용 연인로봇이라며 '다나'라는 이름을 붙여 팔기 시작
했다.

이후, 인종에 따른 체형 데이터를 이용해 키 163cm의 한국
형 연인로봇 다나2를 만들고, 대대적 홍보를 통해 시장을 넓
혀갔다. 회사의 광고내용에 따르면 다나2는 독신자들이 필요
로 하는 모든 것을 제공했다. 요리는 물론 친구나 연인으로서
말상대나 게임 친구가 되기도 하고, TV를 같이 보며 웃기도
할 뿐 아니라 필요하면 섹스파트너가 되기도 했다.

404호 최는 욕실 문을 열어놓고 다나에게 들어가도록 명령
했다.

"네, 욕실로 들어가겠습니다."

그는 정확히 답변하는 다나의 태도가 마음에 들었다. 아내
였던 수연은 그의 말에 대꾸를 잘 하지 않는 습성이 있었다.
원래 말이 없기도 했지만 조금이라도 의가 상하면 말문부터
닫아버리는 여자였다. 수연의 그런 태도는 그를 몹시 초조하
게 만들다가 종국에는 짜증으로 번지게 했었다. 그래서 4호
최는 다나를 사자마자 모든 명령에 존대어로 명확하게 답변
후 실행하도록 입력했는데, 다나의 공손한 응답을 들을 때마
다 그러길 잘했다고 생각했다.

아내 수연은 말이 없고 사소한 일에도 짜증을 잘 냈지만 아름다운 몸매를 가지고 있었다. 날씬하면서도 풍만한 수연의 몸을 생각하면 그는 아직도 아랫배를 꽉 채우며 밀려드는 열띤 욕정을 밀어내기가 쉽지 않다. 오늘따라 수연의 몸이 그리워진 4호 최는 다나의 벗은 몸을 감상해보는 것도 괜찮겠다는 생각에 이르렀다. 다나는 전기제품이므로 물 목욕은 불가능해서 욕실바닥에 두툼한 러그를 가져다 놓고 다나를 불렀다.

"저 위에 서."

"네, 저 위에 서겠습니다."

"거기 말고 러그, 러그 한가운데 서고, 옷을 벗고 머리를 치켜들어. 완전히."

"해독에 어려움이 있습니다."

다나는 동시에 세 가지 이상 명령하면 실행에 어려움이 있었다. 4호 최는 이런 문제쯤은 속히 해결되어야 하리라고 생각했다. 보험 설계사인 그는 소비자 입장에서 문제점을 해결해 나가야 상품수명이 길다는 것을 알고 있었다. 이 문제가 해결된 다나3가 나오면 바로 보상판매를 신청해야겠다고 작정하며 한 가지씩 명령을 다시 내렸다. 다나는 옷을 벗어 욕조에 넣고 러그의 한가운데에 정확히 섰다. 팔다리는 살색, 몸통은 흰색 플라스틱으로 이루어진 다나의 발가벗은 몸은 옷을 입었

을 때보다 더 커 보여서, 키가 작은 4호 최는 약간 위압감을
느꼈다.

"좌로 30cm 이동."

그는 부러 목에 힘을 주어 명령했다.

"네, 좌로 30cm 이동합니다."

다나는 유순하게 대답하며 그의 명령에 따랐다.

4호 최는 제품설명서에 적힌 대로 과산화수소를 탈지면에
묻혀 다나의 목에서 시작해서 어깨 위의 스위치를 피해 가슴
을 닦으며 내려갔다. 젖가슴을 꼼꼼히 닦고 엄지와 검지로 유
두를 쭈물거렸다. 연성 플라스틱의 감촉이 나쁘지는 않았다.
이어 하드 플라스틱이 사용된 다나의 배를 쓰다듬었다. 그는
수연의 몸을 연상하며 손끝의 감촉에 집중했다. 매끈한 허리
까지 더듬으며 감정을 잡아보았다. 그런데 오늘따라 하드 플
라스틱의 감촉이 생경할 뿐이다. 지지난 밤, 다나에게 부은 열
정은 술기운 때문이었다는 생각도 들었다.

그는 감정을 잡는 일을 포기하고 과산화수소를 탈지면에 더
부어 다나의 엉덩이를 닦았다. 과산화수소가 흘러 힙과 다리
사이 틈새로 들어갔다.

'아차 이게 전자제품인데……'

그는 엎드려서 다나의 고관절에 스며드는 물기를 닦으려고

마른 탈지면을 잘게 찢어 골 사이에 들이밀었다.

외눈박이 거인상이 떠오른 것은 그때였다. 자신이 근무하는 보험회사 빌딩 앞에는 6층 높이로 세워진 거대한 쇳덩어리 조형물이 서 있었다. 제자리에서 걸으며 집채만 한 쇠도끼로 허공을 내리찍고 있는 거인상인데, 올려다보면 고관절에 박힌 큼지막한 쇠 나사못이 먼저 눈에 들어오고 괴물의 쇠도끼가 얼굴을 내려칠 것 같았다. 그럴 때마다 그는 경쟁이라는 괴물에게 압사당하기 직전의 왜소한 사람, 자신을 생각했다. 시골 출신인 그의 눈에 도시는 서로 이기려고 발악하며 달리는 무리들로 꽉 차 있었다. 달리는 무리 모자이크 괴물 형상은 온 도시를 휩쓸고 다녔다. 그 무리에 깔려 죽지 않으려면 더 열심히 뛰어야 한다고 그는 월초마다 다짐했었다. 그러나 월말이면 그는 대부분 고개를 숙인 채 거인상 밑을 빠르게 지나가야 했다. 회사가 세워 놓은 실적은 늘 그에게 버거웠기 때문이다.

다나의 관절에도 쇠 나사못이 박혀 있으리라는 생각이 들자 그는 어깨를 움츠렸다.

6개월 전 로봇 단체구입 광고를 낸 사람은 404호, 바로 그였다. 로봇 영업을 하는 친구가 3명 이상 공동구매를 성공시키면 5%의 수수료를 주겠다고 한 제의도 솔깃한 데다, 이혼

이후 닥쳐온 공허함 때문에 연인로봇이라도 사볼까 생각하던 때이기도 했다. 30% 싼 가격에 다나2를 구입할 수 있다는 광고는 독신자 아파트인 이곳에서 관심을 끌기에 충분했다. 그래서 한컴 고딕체 24pt로 광고문을 쓰고 인터넷을 뒤져 찾아낸 풍만한 여자누드 뒷모습으로 장식한 A4지를 4층 엘리베이터 문 앞에 붙여 놓았었다.

A4지는 붙였지만 광고에 적은 8:00PM이 가까워지자 4호 최는 과연 구매자가 있을지 초초해지기 시작했다.

다행히 8시 정각에 첫 번째 초인종이 울렸다. 문을 열자 대머리인 405호 김의 반들거리는 이마가 보였다. 어두컴컴한 복도에 서 있는 김 뒤로 401호 노파가 지났다. 노파의 손에 들린 쟁반에서 흘러나온 닭백숙 냄새가 아직 저녁식사를 하지 못한 4호 최의 식욕을 자극했다. 아내 수연의 미소도 떠올랐다. 그는 노파가 가지고 가는 죽을 맛있게 먹을 406호 노인에게 부러움인지 질투인지 모를 감정을 품고, 복도 끝에 있는 6호 문을 잠시 바라보았다.

그리 크지 않은 독신자 아파트 4층의 주민들인 그들은 인사조차 하지 않고 지냈지만, 서로에 대해 이미 알 만큼은 알고 있었다. 누가 몇 호에 사는지는 물론, 1호 노파와 6호 노인 사이에 뭔가 역사가 시작되어 진행 중이라는 것도 눈치채고 있었고, 2호에 사는 여자가 즐겨 입는 청바지의 브랜드도 알고 있었다.

10분 늦게 도착한 3호 박은, 5호 김이 현관과 마주보는 1인용 의자를 차지하고 4호 최와 로봇 영업사원이 나란히 3인용 소파에 앉아 있는 걸 감지하며 404호에 들어섰다. 로봇 외판원은 머리 양옆은 짧게 밀고, 정수리에 남겨진 머리는 무스를 발라 로마 병정로봇처럼 세워놓았다. 3호 박에게 자리를 양보한 로봇머리는 탁자 앞에 서서 바로 영업을 시작했다.

"제가 조사한 바에 의하면 이 아파트 4층에는 1호에 할머니, 6호에는 할아버지가 살고 계십니다. 그분들은 아직도 헬퍼1을 사용할 정도로 구식이고, 402호 아가씨는 우리 사회 통념상 연인로봇을 대놓고 구입하기엔 좀 그렇겠지요? 이 독신자 아파트 4층 3,4,5호 남성들이 다 모였으니 시작하겠습니다."

외판원 남자의 목소리는 로봇을 닮은 외모와는 다르게 유연하고 부드러웠다. 그가 하늘색 바탕에 8등신의 늘씬한 다나2 뒷모습이 인쇄된 브로슈어를 귀중한 물건을 다루듯이 양손으로 들어 참석자들에게 나누어 주었다.

"다나2는 독신자를 위한 획기적인 상품입니다. 인체공학적으로 안기에도 편하고, 미적으로도 황금비에 맞춰 디자인됐죠. 몸체는 내구성을 위해 하드 플라스틱을 사용했지만, 제품의 용도를 고려하여 환경호르몬이 전혀 없는 재질로 만들어져 있습니다."

"하드 플라스틱?"

4호 최가 눈을 위로 치켜뜨며 묻자, 병정 로봇머리는 입가에 미소를 띠며 여유 있게 답변했다.

"무슨 뜻인지 알겠습니다. 물론 모든 기관은 아닙니다. 다나2는 연인로봇으로 개발된 제품이죠. 그래서 필요한 부위들은 센스 있게 소프트 플라스틱을 사용했죠. 몇몇 부위는 강도조절도 가능합니다."

병정 로봇머리가 미소를 만면에 품고 미끄러지듯 유연한 음성으로 설명하고 있는데 현관문이 열리고 여자가 들어섰다. 402호 여자였다. 로봇머리 외판원이 말한 사회통념을 깨버린 그녀에게 남자들의 시선이 일시에 몰렸다. 2호 여자는 몸에 착 달라붙은 청바지에 노란빛이 도는 스웨터 소매를 걷어 올려 새하얀 팔뚝을 드러낸 차림이었다. 연노랑 어깨 위의 진갈색 머릿결이 풍성했다. 3호 박은 그녀가 사용하는 샴푸의 시큼 달콤한 자두향을 느끼며 숨을 멈췄다.

"2호예요."

짧게 자신을 소개한 여자는 앉을 자리를 찾아 소파를 눈으로 훑었다.

집주인 4호 최가 여자에게 자리를 양보하고 주방용 스툴을
가져왔다.

"자알 오셨습니다. 제가 6·25 직후 사회통념만 생각했나
봅니다. 앞서가는 여성은 아름답습니다. 하하하."

남자들의 입가에 어색한 웃음이 걸리고, 영문을 모르는 여
자가 그런 남자들을 둘러보았다. 로봇머리 외판원이 얼른 말
을 돌렸다.

"그런데 이미 통성명은 하고 사는 사이입니까? 인사나 나누
시죠. 하하하."

분위기를 파악한 4호 최가 친구를 도와 먼저 입을 열었다.

"요즘 세상에 연인로봇 하나 갖지 못한 독신자는 남녀를 불
문하고 시대에 뒤쳐졌다고 봐야겠죠? 든든한 보험 몇 개는 갖
고 살아야 이 시대에 맞게 사는 것처럼 말이죠. 저는 K화재보
험 설계사, 404호 최입니다."

"저는 5호, PP전자 엔지니어입니다."

대머리인 405호 김은 정수리 머리수만큼 말도 간결했다.

"저는 3호에 삽니다. 박입니다. K그룹 계열사에서 디자인
일을 합니다."

"무엇을 디자인하죠?"

3호 박의 소개에 곧바로 2호 여자가 목소리를 세워 관심을 나타냈다.

"저— 단추."

3호 박은 겸연쩍어 낮게 대답했다.

"저는 남성 언더웨어를 디자인해요."

2호 여자가 자신을 소개하며 3호 박의 눈을 응시하자 그는 얼굴을 붉혔다. 남성 내의를 디자인 한다니 벗은 몸을 그녀에게 보여주기라도 한 것처럼 쑥스러웠다. 4호 최가 이미 다 알고 있는 처지에 남녀가 무슨 상관이냐며 너스레를 떨어 분위기가 상향되고 웃음이 오갔다. 웃는 여자의 치열이 고왔다. 여자가 자신에게 특별히 관심을 표명해주어서인지 3호 박의 가슴에 자부심이 어느새 안개처럼 덮였다. 여자의 고운 치열은 여운처럼 눈앞에 계속 어른거리고 여자가 흘리는 자두샴푸 향이 그를 맴돌며 몽롱하게 만들었다.

"사실 우리 다나가 이웃을 사촌 만드는 재주가 있어요. 공동 구매하여 살아보면 알겠지만 이게 좀 요물이거든요. 자 그럼 다시 다나2 설명으로 돌아가겠습니다."

흥이 고조된 로봇머리 남자의 목소리가 주의를 환기시켰다.

"다나2는 무려 500문장까지 입력하여 데이터베이스화합니다. 사용자의 주된 단어나 문장을 컴퓨터에 입력하여 그 데이터베이스에 따라 분석하고 반응하죠. 그러므로 다나2는 주인의 거의 모든 언어를 이해할 뿐만아니라 감성교류가 가능합니다. 슬플 때는 위로의 말을 해주고, 잠자리에서는 내 맘대로 말 잘 듣고, 내가 원하는 대로만 행동하죠. 이런 순종형의 연인이 내 집에서 항상 날 기다리고 있다고 상상해보세요. 다나라는 이름이 무슨 의미인지 아나요? 다―나를 위한 존재란 뜻이죠. 나만을 위한 연인 다나!"

그는 침을 꿀꺽 삼킨 후에 말을 이었다.

"체온까지 사람과 똑같이 36.5도로 되어 있는데 조절이 가능해 여름이면 온도를 낮춰 죽부인으로 사용도 가능하고, 우리 다나에 맛들이면…… 흐흐."

병정 로봇머리 영업사원은 목소리만큼이나 기름기 밴 미소를 머금고 한 사람 한 사람의 표정을 살폈다.

"결혼할 필요가 없겠군!"

2호 여자가 낮게 혼잣말을 하자 남자들의 시선이 다시 여자를 향했다. 순발력 좋은 영업사원은 여자를 겨냥해 영업할 기회를 놓치지 않았다.

"여성을 위한 다나2-2는 물론 남성모형입니다. 가격은 아무래도 수요가 더 적어 약간 높게 책정되었지만 오늘 약정하면 공동구매가격으로 드리겠습니다. 요리해주지 말상대 해주지 매니저 역할 해주지 더구나 잠자리까지…… 이런 완벽한 남성 배우자가 어디 있습니까?"

여자가 별 표정 없이 그를 바라보자 그는 탁자 위에 있는 물병을 들어 마시고 말을 이었다.

"5년 전에만 다나2가 나왔어도 저도 결혼하지 않았을 겁니다. 결혼해보니, 할 수만 있다면 물리고 싶을 때가 한두 번이 아니더라고요. 그런데, 다나라는 이 예쁜 연인은 물리기가 가능합니다. 저희 회사에서는 보통 2년 간격으로 새 버전의 로봇을 내놓은데 버전업된 모델로 교체가 가능합니다. 돈이 문제라고요? 걱정 없습니다. 보상 판매라는 것이 있으니까요. 뉴 버전이 나오면 올드 버전을 주고 차액만 내면 바꿔준다 이 말입니다. 그래서 한번만 구입하시면 이후로는 적은 비용으로 주기적으로 새 연인이나 배우자로 바꿀 수 있다 이겁니다."

"그건 그러네. 위자료 없이 언제든 버릴 수도 있고."

4호 최가 친구 영업사원을 거들었다

"바로 그거지요. 이 친구는 결혼을 해서 이혼한 경험이 있으므로 빨리 이해하네요. 사실 인간 배우자는 그 성미 맞춰 주려면 얼마나 힘듭니까? 그런데 다나는 한번 입력만 시켜놓으면 내가 원하는 말만하고, 고분고분…… 마지막으로 한 가지 비밀을 누설하자면, 여러분이 궁금해 하는 잠자리 생활은…….

유희

실제 사용자를 대상으로 한 통계에서 인간 파트너보다 만족도가 20% 높게 나왔습니다. 이유는 조금만 상상력을 동원하면 아시겠죠?"

4호 최가 구매카드에 원하는 유형을 체크하기 시작하자, 5호 김도 브로슈어를 탁자에 펴고 판매원이 주는 볼펜을 받았다. 2호 여자를 의식한 3호 박은 결정내리기가 쉽지 않았다. 다나를 사면, 혹시 이상한 변태로 보일수도 있지만 사지 않는 것도 시대에 뒤떨어진 사람으로 비칠지도 모를 일이었다. 결국 여자가 여기에 온 걸로 보아 병정머리 말대로 앞서가는 여자일 것이라는 결론에 이르고 구매 유형을 체크해갔다.

2호 여자는 브로슈어의 앞뒤 사진을 몇 번 보더니 좀 더 생각해보겠다는 말을 남기고 일어났다. 일제히 고개를 든 남자들이 방을 나서는 2호 여자의 뒷모습을 숨을 죽이고 바라보았다. 여자의 꽉 끼인 청바지 뒤태를 보며 다나를 사겠다는 마음이 더욱 굳어진 남자들은 펜을 꾹꾹 눌러 구매계약서를 기록해갔다.

405호 김은 인스턴트 음식을 싫어했다. 그러나 다나가 해낼 수 있는 음식은 반 조리 음식뿐이었으므로 다른 방법이 없었다. 가끔, 마음이 동하면 그가 직접 요리하기도 했지만 대부분은 1주일분 메뉴를 다나에게 입력시켜 놓고 필요한 요리 키트를 사서 싱크대 선반에 쌓아놓았다. 밖에서 회식이 있는 날에는 스마트폰으로 다나에게 "취소 3" 문자를 보내면 되는 것이었다. 3은 단축문자로 저녁식사를 뜻했다.

어제 저녁에 먹었던 스테이크와 비슷한 냄새를 풍기는 오믈렛을 먹은 5호 김이 욕실에서 이를 닦고 나오자 식탁에는 그가 남긴 오믈렛 접시가 그대로였다. 5호 김은 다나가 뒤따라다니는 것이 귀찮아서 필요시만 로봇을 켜서 사용하기 때문이다. 그가 다나의 어깨 위 버튼을 누르고 "식탁 정리" 명령하자, 다나가 남은 음식을 음식물쓰레기통에 버리고 일회용 식기와 수저를 물로 헹궈 재활용 쓰레기통에 버렸다. 엔지니어인 그는 장황한 것을 싫어해서 다나에게 최대한 답변은 간결하게 하도록 입력시켜 놓았고 출고 때 입고 있던 레이스 옷도 벗겨버리고 단순한 빨간 니트 원피스를 사다 입혔다.

"다나 체스하자."

5호 김의 말에 다나가 식탁을 닦고 체스 판을 펼쳤다. 다나가 검은 말들을 체스 판에 배열하고 있을 때 초인종이 울렸다. 5호 김은 또 어느 집 다나가 고장이 났나보다고 생각했다. 단체구입 이후 다나의 작동에 문제가 발생하면 다른 호의 남자들은 엔지니어인 그를 찾아오곤 했기 때문이다.

"오픈도어 대기." 다나의 말에 "오케이." 5호 남자가 답변하자 다나가 현관 턱 2m 앞에서 버튼을 눌러 문을 열었다. 열린 문 앞에 3호 박과 4호 최가 서 있었다.

"이 집 다나는 빨간 옷을 입혀서인지 더 섹시해 보이네, 금요일 밤인데 함께 맥주 한 잔 어떻습니까?"

4호 최의 너스레에 인간 손님이 반가운 5호 김은 바로 방으로 들어가 옷을 입고 나섰다.

"바이ㅡ."

다나가 현관 앞 2m 앞에서 플라스틱 손을 들어 누구에게인지 모를 작별인사를 했다.

남자들은 독신자아파트 정문 앞에 있는 싱글족 비어타운에 앉아 있었다. 6월로 접어든 날씨 탓에 주점 주인은 미닫이 유리문을 열어 밖으로 홀을 연결해 놓았다.

"다나 덕분에 이렇게 친해지게 되었네요."

"그렇지요. 다나가 없을 땐 심심해서 어떻게 지냈는지 모르겠어요."

3호 박의 말에 5호 김이 동조했다.

"아까 다나가 입고 있던 옷 어디서 샀어요? 나도 우리 다나 사서 입히게."

4호 최의 물음에 5호 김은 대답 대신 눈을 가느다랗게 뜨고 턱으로 밖을 가리켰다. 1호 노파와 6호 노인이 손을 잡고 지나가고 있었다. 5호 김의 눈길을 따라가 그들을 바라보던 4호 최가 중얼거렸다.

"저 노인들 이제 독신자 아파트 떠나겠네. 곧 살림 합칠 기세 아닌가요? 내 그럴 줄 알았지. 요즘 복도에서 음식접시를 나르더니……."

점차 4호 최의 표정이 어두워지더니 말없이 연거푸 맥주만 들이켰다. 그런 최를 지긋이 바라보던 5호 김이 물었다.

"과연 여자가 다나보다 좋을까요? 4호 형씨, 사실 꽤 궁금했는데 왜 이혼을 하게 되었소?"

4호 최는 눈을 게슴츠레 뜨고 김을 바라봤지만 답변 없이 술잔만 계속해서 비웠다. 한참 후에야 중얼거렸다.

"다나처럼 사근사근 내가 원하는 답변을 해주길 하나, 돈타령에 옷타령, 잔소리……. 입 다물고 있으면 비위 맞추려고 애써야지, 회사에서 늦기라도 하는 날엔, 내 집에 내가 들어가는데도 살금살금 도둑고양이처럼…… 끄윽."

술에 취한 최가 대답하다 말고 트림을 했다.

"그렇죠? 역시 여자보단 다나가 최고죠? 호호……."

5호 김은 그럴 줄 알았다는 듯 목소리에 자부심을 드러냈다. 비웃듯이 한쪽 입술을 치켜 올려 미묘한 웃음도 보냈다.

갑자기 4호 최가 오른손으로 탁자를 치며 버럭 소리를 질렀다.

"뭐 뭐라고? 다나가 여자보다 낫다고? 에끼 이 사람들 순 바보새끼들 아냐? 이 바보들아. 그런 플라스틱 조각하고 우리 수연이를 비교해? 다나가 뭐야. 내 집에도 있고 네 집에도 있고 너네 집에도 있는 그 괴물?"

4호 최는 앞에 앉은 3호와 5호를 손가락으로 차례차례 지칭하며 혀를 꼬부라뜨려 말을 이었다.

"네 달링! 네 달링! 하고 언제나 똑같이 대답하고 다니는 그 인형이 그리도 좋아? 플라스틱 인형과 감히 내 수연이를 비교해? 미친놈들!"

소리지르던 4호 최가 감정이 복받쳐오는지 두 손으로 얼굴을 가리고 소리 내어 끅끅 울기 시작했다.

"그 플라스틱 인형을 감히 수연이와 비교라니……."

그는 눈물을 닦으며 계속 중얼거렸다.

"P빌딩 앞에 세워진 쇠망치든 거인 쇠붙이 본 적 있나? 다나를 보면 그 괴물생각이 나……. 그런 쇠붙이, 플라스틱인형들이 머잖아 우리를 완전히 망가뜨려버릴 거야. 쇠붙이 거인 아래 서면, 그 망치가 그래도 아직 조금은 남아 있는 내 인간다운 것을 깡그리 부숴버릴 것만 같아. 어떤 더러운 자식이 연인로봇을 생각해냈는지, 로봇이 로봇이지 연인이 된다고? 가끔 몸안에 고인 생리현상을 해결하면 연인인가? 그 플라스틱이……. 내가 입력시켜 놓은 말만하고 전기충전을 시키지 않으면 그저 플라스틱덩어리……."

최는 말을 하다 말고 한숨을 쉬었다.

갑자기 분위기가 푹 가라앉았다. 앞에 앉은 남자들도 대꾸할 말을 찾지 못했다.

"당신들 말이야? 여자 사귈 줄 알아? 말이나 붙일 줄 아냐고?"

4호 최가 침을 튀기며 두 남자를 다그쳤다.

사실 그들은 여자를 어떻게 대할지 묘연했다. 조금 진한 농담을 하거나 손끝만 닿아도 해석하기에 따라 성희롱범이나 추행범이란 누명까지 덮어쓸 수도 있어 조심스러울 뿐 아니라, 다나가 있어서 여자가 크게 필요하다고 느끼지 않아서인지 여자들과 동료 이외의 관계를 시도하지도 않았다.

"이제 당신들의 영혼이 굳어 플라스틱이 되어가기 때문이야. 화석? 박제? 에이 뭐라고 불러야 할지 모르겠네. 형씨들이 그깟 플라스틱 로봇을 연인으로 삼으니 감정이 박제가 되어가지. 연인이 몸만 섞으면 연인인가? 정확히 말하면 몸 섞는 것도 아니지. 플라스틱에 네 정액이 스며들 리가 없지. 인간은 인간과 몸으로, 마음으로, 영혼으로 교류가 필요해. 이 친구들아!"

"진짜 여자, 머리 냄새, 살냄새……."

3호 박이 중얼거렸다

"맞아요! 2호 여자를 볼 때마다 도드라진 그 엉덩이를 보면 나도 모르게 숨이 가빠요. 그 여자 참 섹시하죠?"

5호 김도 동조했다.

"시도해봐. 그 사회통념인가 뭔가를 깨고 대놓고 연인로봇에 관심을 보이는 것 보면 그쪽도 진짜 남자에게 몸이 달아 있을지도 모르지."

4호 최가 5호 김을 쳐다보며 말했다.

3호 박은 당황했다. 김도 2호 여자에게 관심을 갖고 있다는 점에 놀라고 그녀에 대한 4,5호의 천박한 말투에 화도 치밀었다. 박은 혹시 자신이 진짜 사랑에 빠진 걸까? 생각하다가, 곧 요즘 세상에 무슨 사랑타령이냐며 고개를 세차게 흔들어 생각을 거둬냈다.

"그런데 어떻게 여잘 꼬드기죠?"

"허허허. 5호 이 친구 로봇과 살더니 반 로봇이 되어버렸군. 쯧쯧…… 내가 로봇에게 하듯이 형씨에게 여자에게 할말과 행동을 입력시켜 줘야 하나?"

4호 최가 너털웃음을 웃어가며 떠들어댔으나 3호 박의 귀에는 아무 소리도 들리지 않았다.

"옛날 사람들은 연애편지를 썼다는데 우리도 한번 아날로그적 방법을 써볼까? 2호 여자에게 연애편지 어때?"

"연애편지? 에이 이 시대에?"

4호 최의 제안에 5호 김이 농담으로 치부하며 웃었다.

"왜? 그럼 다른 방법 있나? 직접 찾아갈 용기 있나? 경험에 의하면 여자들은 아주 사소한 것에 의외로 감동을 잘 받거든. 참, 나도 수연에게 그 방법을 써볼까? 그럼 아내 마음이 다시 돌아올지도 몰라. 그런데 참 연애편지를 어떻게 쓰지?"

둘은 서로를 멀뚱히 바라보았다. 한참 후 5호 김이 눈을 반짝이며 의견을 내놓았다.

"인터넷에서 사랑과 연애에 관한 단어들을 찾아 다나에게 입력시켜 구애를 위한 문장을 만들도록 하면 어떨까요?"

"구웃! 굿 아이디어!"

4호 최가 엄지를 세워 보였다.

"그래! 우리에겐 다나가 있지. 3호 형도 삼삼해 보이는 여자 있으면 연습삼아 시도해 봐요."

취해 떠드는 최의 말을 듣고 있던 김이 고개를 돌려 옆에 앉

유희

은 박에게 물었다.

"박형이라면 어떻게 연애편지를 쓸 거요?"

"글쎄요. 저도 그 방법이⋯⋯."

3호 박이 얼굴이 벌게져서 얼버무리자, 4호 최가 무릎을 치며 다시 목소리를 높였다.

"허허 이러다 모든 연애편지가 같아지겠네. 하긴 우린 모두 똑같은 연인을 데리고 사니 이럴 땐 편하지? 어느 다나든 하나에게만 입력시켜 사용하면 되니까. 자 당장 우리 집으로 가서 실행해봅시다. 렛스 고 투 마이 디어 다나!"

4호 최가 선동 대원처럼 오른팔을 앞으로 번쩍 치켜세우며 일어섰다. 5호 김은 취해서 비틀거리는 4호의 팔을 부축하고 독신자 아파트 언덕을 올랐다. 취하지도 않은 3호 박이 취해서 비틀거리는 그들보다도 뒤처져 따라왔다.

아파트 로비 강화유리를 밀던 5호 김이 소리쳤다

"오! 이것 봐요, 벌써 다나3가 나왔네요."

'뉴 버전 연인, 다나3 출시'

고딕체 표제를 단 노란색 포스터가 오른쪽 강화유리문에 붙어 있었다.

"색깔도 좋네. 확 세련됐어. 여기, 보상판매도 된다네."

비틀거리던 4호 최가 갑자기 정신이 드는지 바로서서 '다나

2 ➡ 다나3, 보상판매!'라고 쓰인 다나의 엉덩이 아래쪽을 손바닥으로 쓰다듬었다.

포스터 속 다나3의 몸은 흰색과 살색으로 되어 있던 다나2와는 달리 바비인형 피부처럼 선텐이 알맞게 된 연갈색이다. 떠들어대는 두 남자 뒤에서 3호 박도 포스터 속 다나를 유심히 바라보았다. 더 날씬해진 다나의 갈색허리에서 반질반질 윤이 난다.

403호 박의 눈에도 다나3는 다나2보다 포스터 디자인부터 훨씬 세련되어 보였다. ✈

— 2016년 『문학나무숲』

여자가 그를 느낄 때

"나랑 저녁식사 할래요?" "지금요?" 남자의 물음에 여자가 고개를 끄덕였다. 남자도 천천히 고개를 끄덕이자 여자가 다가가 슬며시 그의 팔을 잡았다. 남자의 어깨가 바로 펴지는 것을 보면서 자신의 눈에도 어릴 눈물을 감추기 위해 여자는 슬며시 고개를 숙였다.

여자가 그를 느낄 때

여자가 그와 직접 대면한 것은 엘리베이터에서였다. 문이 닫혀가는 엘리베이터를 보고 급히 복도를 달려간 여자가 재빨리 스위치를 눌렀다. 서서히 다시 열리는 문 사이로 여자는 엉거주춤 서 있는 거구의 남자를 보고 순간 흠칫했다. 엘리베이터 내부 중간 봉을 양손으로 잡고 고개를 숙인 남자는 턱없이 큰 키에 살집까지 좋아 이삿짐 트럭 짐칸에 놓인 솜이불 보따리처럼 펑퍼짐해 보였다.

행인이 다문다문한 이면도로에서 쇠락해가는 4층 건물에 맞춰진 엘리베이터는 여자처럼 자그마한 몸피 서너 명만 타려고 해도 가급적 몸을 벽에 붙여야 할 형편이었다. 다리를 느슨하게 벌리고 선 덩치 큰 남자는 좁은 공간을 점령하고 있는 격이었다. 안으로 들어간 여자가 문 가까이에 자리를 잡자 남자는 눈썹을 찌푸려 미간에 주름을 잡은 채 고개를 들었다. 여름의 문턱을 넘어선 후덥지근한 날씨 때문인지 살 두터운 남자의 볼에 기름기가 번들거렸다.

'아, 이 사람이구나!' 짐작이 간 여자가 부러 쾌활하게 "안녕하세요?" 인사했다. 좁은 공간에 울리는 자신의 목소리를 들으며 여자는 의도적인 인사의 흔적이 역력하다고 생각했다. 남자는 어깨를 으쓱하더니 벌어진 다리를 다소 오므려 자세를 고쳐가며 "아, 예, 예—." 말끝을 끌며 시선을 문 아래쪽으로 내렸다.

"옆 미술학원 원장이에요. 세무사무실에서 일하시죠?" 여자가 음성에 다시 리듬을 넣어 물었다.

남자는 다시 고개를 들어 여자를 언뜻 바라보았지만 계속 어정쩡한 억양으로 "아, 네—네." 얼버무렸다. 여자는 대인관계에 서툰 그가 이 상황에서 어서 벗어나고 싶어 하리라고 짐작했다. 그러나 1층에서 문이 열렸을 때 그는 나갈 생각이 없다는 듯 그대로였다. 여자가 먼저 엘리베이터를 나서며 부드러운 음성으로 작별인사를 남겼다.

여자가 그에게 굳이 살갑게 대하는 데는 이유가 있었다. 그가 얼마 전 여자의 학원 옆, 402호로 이사 온 강호식세무사무실의 직원이자 강 세무사의 아들이라는 것을 알았기 때문이다. 세무사무실이 이사 온 후, 그 사무실에서는 간간이 고함소리가 들려왔다. 바로 옆 사업장이기도 하지만 공교롭게도 그녀가 쓰는 원장실과 강 세무사의 방이 접해 있는 모양이었다. 건물주가 경량식 합판으로 대충 칸을 막아 놓은 것을, 인테리어 할 때 방음을 위해 스티로폼으로 덧댔지만 아직 옆방의 소음으로부터 자유로운 것은 아니었다. 세무사무실이 이사 오기 전 태권도학원일 때도 구령소리가 들려오곤 했었다.

때 이른 6월의 장마가 시작된 날이었다. 오전 타임 유치부 아이들이 돌아간 후, 오후 초등학생 개인교습까지 끝낸 여자는 언제나처럼 이젤 앞에 앉았다. 그녀에게 그림은 살아가면서 누리는 많지 않은 즐거움 중에 하나였다. 그림 속에 자신을 밀어 넣어 표현하다 보면 허탈한 마음이 그래도 반쯤은 온기 어린 뭔가로 채워지는 느낌이었다.

보조교사 김선생은 아이들이 만들다 만 지점토를 정리한 후 일찍 퇴근했고, 학원 안은 고즈넉한 공기가 내려앉아 고요했다. 캔버스에 인디고블루를 짜 나이프로 긁어가던 여자는 창에 떨어지는 빗방울에 눈이 가자 붓을 석유통에 담그고 커피를 내렸다. 갓 내려진 향이 진한 커피 잔을 든 여자가 창문을 바라보고 앉았다. 유리를 때리는 빗방울들이 모여 줄을 지어 내려갔다.

바다가 내다보이던 중학교 미술실로 찾아온 주혁의 손에는 캔 커피 2개가 들려 있곤 했었다. 그 여름 장마철, 빗속을 뚫고 온 주혁과 함께 커피를 들고 바라보던 창문에도 지금처럼 빗물이 내려오고 있었다. 창 너머 바다는 안개 속에서 희미한 잔상으로 누워 빗물을 천천히 호흡하듯 흡수했고, 그녀를 뒤에서 껴안던 주혁의 젖은 옷섶에선 소독약 냄새가 났었다.

주혁의 냄새를 기억해 낸 여자는 다시 맡으려는 듯 숨을 깊이 들이쉬었다. 그러다 만 유화에서 테레빈유 냄새가 진하게 당겨져 왔다. 여자는 다시 마음을 다잡기 위해 의자를 돌렸다. 강 세무사의 고함소리가 들려온 건 그때였다.

"내가 너 때문에 창피해서 살 수가 없다. 이걸 일이라고 해 놨냐? 일하는 꼬락서니라고는……."

비가 와서 낮은 기압 때문인지, 아니면 오늘따라 세무사의 역정이 심했는지, 성깔을 쏟아내는 호통소리는 여과 없이 그대로 선명하게 들려왔다. 이어서 "쯧쯧" 혀 차는 소리 후에 화가 덜 가신 후렴이 웅웅거리고 잠시 후 학원은 다시 고요 속으로 빠져들었다. 성난 강 세무사의 노를 고스란히 받고 있을 상대의 대꾸는 들려오지 않았다. 차마 상사에게 변명조차 못하는지 아니면 응대가 너무 작아 벽 너머까지 들리지 않는지는 알 수 없었다. 옆방의 광경이 그려지는 여자의 가슴 한편이 쏴해왔다. 그 사무실에는 대여섯 명의 직원들이 있는 것 같았다. 대부분이 20대로 보이는 여자들이던데, 모욕적인 언사를 동료 앞에서 참아내고 있을 나이 어린 아가씨를 생각하니 마음이 편치 않았다.

'고약한 노인네 같으니라고, 직원에게 너가 뭐야, 하긴 잘나가는 사람들 영역표시 방식은 가지 가지니까……'

세무사무소가 이사 온 지 이제 겨우 3주째인데, 고함소리가 들려온 것이 벌써 서너 번이다. 물론 다른 날은 적나라하게 들려오진 않았고 폭발하듯이 내지르는 고성 정도였지만 아무래도 평범한 일로는 여겨지지 않았다.

이사 온 다음날, 강 세무사가 인사 차 직접 여자의 학원을 찾아왔었다.

"이제 나이도 있고 일감도 줄어들고, 체력에 맞게 쉬엄쉬엄 해볼까 하고 이면도로로 들어왔습니다. 저쪽 세무서 앞 대로변에 있다가……"

명함을 내미는 그는 큰 키에 가슴팍이 넓은 남자로 머리까지 검게 염색되어서인지 스스로 지칭하는 만큼 나이 들어 보이지 않았다. 탄력 잃은 피부에 검버섯을 보면 노년이지만, 두

툼한 상안검 때문인지 강인한 인상이었다. 그런데 차를 마시고 일어서는 그의 게슴츠레한 눈끝이 치켜져 웃음기를 달더니 인사 차 일어서는 여자의 가슴께로부터 허리를 지나 아래로 훑어 지나갔다. 유들거리는 그의 웃음기를 본 여자는 올라오는 역한 감정을 애써서 눌렀다. 나이 서른여덟 여자에게 그런 경험이야 처음도 아니어서 앞으로 좋은 이웃이 되길 바란다며 사무적인 자세로 손을 뻣뻣이 펴서 내밀었다. 여자라면 무조건 성적인 탐색부터 해대는 사내일수록 당당한 여성에겐 관심이 없다는 것을 알기 때문이다.

세무사의 얼굴에서 웃음이 사라지고 예상과 다른 상황을 깨달은 듯 눈빛이 출렁였다. 그러나 곧 표정을 다잡은 그는 악수를 나눈 후 꼿꼿한 걸음걸이로 나갔다. 여자는 당시 강 세무사의 태도가 거슬리긴 했지만 아랫사람을 막 대하는 경우 모르는 습성이 그 안에 숨어 있다고 여기지는 않았었다.

그런데 어제 수업 이후 보조교사 김선생과의 대화에서, 여자는 화난 강 세무사의 언성을 오롯이 받아야만 했던 사람이 누구인지 알게 되었다.

"모르셨어요? 세무사님 아들이잖아요? 그 사무실 아가씨들한테 들으니까 날마다 자기 아버지한테 당한다던데요."

"자기 아들이 왜?"

"아들이 좀 이상하잖아요? 못 보셨어요? 그 뚱뚱한 남자요. 거기에 대머리까지 시작됐던데."

"외모 때문에 아버지가 그렇게 대하진 않겠지요. 다 큰 성인 아들을."

"흐흠— 의욕 부족인지 아니면 다른 이유가 있는지 모르지만 어떤 일도 제대로 해 내는 게 없대요. 그러니 날마다 아버지한테 당하겠죠. 직원들 앞에서 그러니 창피도 하겠지만 그 사람 캐릭터에도 문제가 있나 봐요. 사무실 여직원들하고 말도 하지 않는다던데…… 온종일 누구하고도 말 한마디 없다던데요."

"직원들이 말은 붙여 보는데?"

"모르죠. 그러나 보기에도 말 붙이고 싶진 않겠던데요. 아직 못 보셨나 봐요? 언제나 검은 손가방 들고 삐딱하게 처져 걷던데."

검은 가방을 들고 다닌다는 말에 여자가 물었다.

"그 덩치 큰 사람 말이야? 양복 입고 다니는……."

"예. 덩치가 하마만하고 대머리에 새치까지 희끗희끗한 남자요, 나이가 한 서른다섯 됐나? 좀 부족해 보여요."

"나도 본 것 같은데 정말 머리가 저능아인가?"

여자가 그를 느낄 때

085

"아니요, 그 정도는 아니고 이상하게 군다는 거죠. 사회성이 지나치게 없어서 그렇게 보이는 것 같기도 하고……."

유아교사 김선생은 눈웃음을 지었다. 그녀는 말의 내용에 상관없이 말끝에 눈웃음을 보태는 습성이 있었다.

며칠 전, 한길에서 이 건물이 있는 이면도로로 돌아오는 코너에서였다. 시내버스 정류장인 그곳에는 구두수선 가게와 함께 예전에 버스토큰을 팔던 컨테이너가 있는데, 지금은 로또 복권이나 교통카드, 음료수나 껌 같은 자질구레한 것들을 팔고 있다. 모양도 크기도 제멋대로였던 노점 박스를, 2년 전 시에서 도심 미관정리사업의 일환으로 알루미늄 컨테이너로 제작해주었다. 옆면에 이 도시 대형지도까지 붙여져 처음에는 꽤 산뜻했지만, 지금은 해가 지나도록 머리맡에 붙여진 "로또 명당"이란 빛바랜 현수막 때문에 누추해 보이기는 예전과 마찬가지다.

그날 여자가 점심 식사 후 학원으로 들어오는데, 컨테이너 앞에서 감색 양복을 입은 젊은 남자가 음료를 사서 마시고 있었다. 남자는 목을 뒤로 젖히고 콜라 캔을 똑바로 세운 채 마지막 한 모금까지 마셔버리겠다고 작정이라도 한 사람처럼 몇 초간 흔들어댔다. 음료를 마신 남자가 빈 캔을 들고 걸어갔다. 다른 손에 좀 무거워 보이는 가방을 들었기 때문인지 아니면 뚱뚱한 몸매 때문인지 뒤에서 보는 여자의 눈에는 뒤뚱거려보였다.

남자는 코너를 돌아 한길에서 이면도로로 들어섰다. 방향이 같은 여자가 그의 뒤를 따르는 격이 되었다. 남자가 여자의 학원 앞 느티나무 아래에 멈춰서 나무를 만지더니 곧 여자의 학원 건물로 들어갔다. 몇 걸음 뒤에 느티나무에 다다른 여자는 녹음이 어우러지는 가지 사이에 볼품사나운 쓰레기로 걸려 있는 빨간 코카콜라 빈 캔을 발견했다. 여자는 한숨을 쉬며 빈 캔을 빼내 남자에게 다가갔다. 멀쑥하게 차려입은 신사가 할 일은 아니라고 따지지는 못하더라도 그의 눈앞에서 치우는 모습을 보임으로써 그의 잘못을 지적하고 싶었다. 그런데 몇 발짝 앞서 엘리베이터에 오른 남자는 문을 닫고 혼자 올라가버렸다. 닫힌 문 앞에서 여자는 빈 캔을 손에 든 채 짜증을 삭여야 했다. 그날의 그의 태도로 보아서는 김선생의 혹독한 평도 이해가 되었다.

그는 외모부터 호감 가는 형은 아니다. 살집이 더부룩한 볼, 등이 분명하지 않은 주먹코, 거무튀튀한 두툼한 입술에다 가늘게 찢어진 눈, 눈썹은 항상 찌푸려져 있다. 짜증이 가득 찬 표정 때문인지 그 건물의 누구도 그와 인사조차 없었다. 그 역시 인사 따위엔 관심도 없다는 듯 복도나 엘리베이터에서 만

나는 사람을 쳐다보지도 않았다. 고개 숙인 그의 모습을 자주 대하자 여자는 그가 안쓰럽기도 했다. 하루 종일 말 한마디 안 하고 지낸다는 김선생의 말과, 옆방에서 들려오던 그의 아버지 성화를 기억하고 있었기 때문이다.

찌푸린 표정 밑에 드리운 분노, 안간힘, 체념, 자기비하, 하도 복잡해서 인식하기 어렵지만 가끔 솟아오르는 소름끼치는 살기까지 여자는 그 감정을 알고 있었다. 소외를 참아낼수록 폭발적으로 확장되던 감정들이었다. 지극히 정상적인 사람들의 상식적인 평가가 당하는 사람에게는 억울하기 그지없는 대우일 수 있었다. 세상에 떠도는 잣대로 사람들은 부담 없이 타인을 평가한다. 그 잣대가 과연 옳은지에 대해서는 전혀 헤아리지도 않고 무자비하리만큼 자연스럽게 타인에게 들이댄다는 것을 여자는 알고 있었다.

유난히도 비만을 터부시하는 요즘이므로 그는 외모로 인해 억울한 평가를 받았을 수 있었다. 아버지인 세무사가 직원들 앞에서 그를 몰아세우는 분위기에서 더욱 위축되었을 것이다. 그래서 여자는 자신이라도 먼저 인사를 해주고 싶었다. "안녕하세요?" "잘 계시죠?" "오늘 양복 색깔이 멋져요." 그에게 말을 붙이려 노력했다. 너무 살이 쪄서 툭 튀어나온 배 때문에, 차마 그의 양복 입은 모습이 멋있다고는 할 수 없어서 색깔을 칭찬한 것인데, 회색 바탕에 엷은 옥색 줄무늬는 색조만으로는 멋졌다. 복도나 건물 입구에서 그를 만날 때마다, 여자는 먼저 인사를 하고, 말을 걸고, 때로는 애써서 칭찬해주었다.

처음에는 대답을 얼버무리던 남자도 점차 인사에 답변을 해왔다. 언제부터인지 여자를 보면 남자가 먼저 인사를 해오기도 했다. "안녕하세요? 원장님"에서 시작해 "그동안 바쁘셨어요? 잘 안 보이던데……." 안부를 물어오고 눈에는 반가운 기색을 내비치기도 했다. 지지난 달에는 여자가 계단을 올라가는데, "원장님" 소리에 뒤돌아보니 그가 아래에서 반웃음을 머금고 여자를 올려다보고 서 있었다.

"왜 걸어가세요? 엘리베이터 두고?"

"운동삼아서요."

"저도 운동 좀 해야겠어요."

그도 계단을 따라 올라왔다. 여자가 벽으로 몸을 붙여주자 앞서 계단을 오르는 그는 서류가방을 들고 왼편으로 기우뚱하게 걷는데 바지에 꽉 끼인 허벅지가 답답해 보였다.

3층에서 음악학원을 하는 선미가 올라왔다. 대학시절 동아리 후배인 선미는 건물주의 딸이다. 주혁과 헤어진 여자가 시골 중학교 미술교사를 그만두고 고향에서 6개월째 쉬고 있을 때 이곳 자기 아버지 건물에서 함께 학원을 열어보는 것이 어떠냐고 권유했었다. 그렇게 시작한 학원이 벌써 칠 년이 지났다.

"언니 오늘 밤 저녁 같이 먹을래?"

"애들은? 애들 아빠는?"

"우리 애들이야 울 엄마가 나보다 잘 챙기고, 혜미 아빠는 요즘 날마다 늦는걸. 무슨 회사가 사람을 잡아요, 잡아."

초등학교 3학년인 아들과 유치원생 딸이 있는 선미는 친정에서 산다. 혼자서 저녁을 보낼 여자를 위해 가끔 바쁜 시간을 할애했다. 그것도 마치 자기를 위해 시간 좀 내주라는 식으로 이끌어가지만, 여자는 선미가 어렵게 만들어 낸 시간이라는 걸 알고 있었다.

"참 언니, 옆 사무실은 어때?"

"뭐가?"

"사무실이라 조용하지? 전에 태권도학원보다 말이야."

"그건 그래. 그런데 그 세무사는 왜 그리 버럭버럭 소리를 질러대니? 그것도 자기 아들한테."

"사무실에서 그래? 사람들 앞에서 다 큰 아들을? 하긴 그 아들이 좀 이상하잖아? 웬 살은 또 그렇게 쪘는지…… 일은 못하지, 똑똑한 세무사님 열 받을만하지!"

"아버지가 너무 똑똑한 것도 탈이네."

"그렇지 뭐, 세무사님이 우리 아빠와 같은 계원이잖아, 이 동네 유지들끼리 하는 친목계 말이야. 경상도 어디 시골 사람인데 자수성가했대. 그런 사람들 중에 가정에서도 자존감이 충족되어야만 하는 사람들이 종종 있잖아?"

선미는 고개를 여자 쪽으로 가까이 기울이더니 눈을 찡긋해 보이며 말을 이었다.

"그런데 그 세무사님 좀 느끼하지 않아? 몇 년 전에 엄마에게 들은 얘긴데 그 세무사님이 전에 있던 사무실 여직원하고 바람이 났었대, 아파트 얻어주고 같이 살림도 차렸었나 봐……그래서 좀 시끄러웠지. 그건 그렇고 세무사님도 답답한 아들을 보면 걱정이겠지?"

선미의 얘기를 들으며 여자는 언제나 고개 숙인 그 소심한 남자가 과거 아버지의 행적을 아는 아가씨들과 함께 근무하자면 쉽게 입이 열리진 않겠구나 싶기도 했다.

여자는 뒤 베란다에 놓인 나무 벤치에 그가 자주 혼자 앉아 있다는 걸 알았다. 여자 역시 좁은 실내가 답답해 올 때 그곳에 나가면 숨쉬기가 편해지곤 했다. 뒤 베란다에 가더라도 내려다보이는 것이라고는 군데군데 파인 콘크리트 바닥에 10여대 차가 무작위로 틈을 비집고 주차되어 있고, 해묵은 석류나무 한 그루가 담장 구석에 먼지를 뒤집어쓰고 서 있는 모습뿐이다. 그날도 꽉 막힌 실내 공기에 지친 여자가 신선한 바람기를 찾아 베란다로 나갔더니 그가 주차장을 내려다보며 서 있었다. 여자가 먼저 인사했다.

"안녕하세요?"

"네, 안녕하세요? 강호식 세무사님이 차를 바꾸었거든요."

"어떤 차예요?"

"저기 보이는 검은 비엠베요."

아버지를 강호식 세무사라 부르는 것이 귀에 매끄럽게 들어오진 않았지만 여자는 모처럼 밝은 그의 표정을 무너뜨리고 싶지 않았다. 그의 손이 가리키는 쪽에, 말끔한 빛을 내는 검은 세단이 보였다. 여자가 관심을 보이자, 그는 거침없이 숫자를 나열해가며 그 차의 종류와 가격 성능 등을 전문 용어까지 써가며 유창하게 나열했다. 비교되는 다른 기종까지 설명을 덧붙이는 그를 바라보며 여자의 눈이 점점 커져갔다. 그렇게 길게 말하는 그의 모습은 처음이었다. 어린아이들도 남자들은 자동차를 좋아하더니……. 미술학원 유아들도 남자아이들은 주로 자동차를 그렸다. 여자가 그가 남자라는 사실을 처음으로 인식한 순간이었다.

"자동차에 대해 아주 박식하시네요. 차 살 일 있으면 조언을 구해야겠는데요."

"말이 좀 길어졌죠?"

남자의 얼굴이 붉어졌다.

여느 보통 남자들처럼 관심 있는 것에는 자기 의견을 확실하게 피력하는 걸로 보아 여자는 이제 그에 대해 염려하지 않아도 될 날이 가깝겠다는 생각까지 했다.

9월로 접어들자 여자가 뒤 베란다를 찾는 날이 더 많아졌다. 멀어진 지 8년이 지난 사랑일지라도, 미련은 낚싯줄처럼 더디게 삭아 여자를 주혁과 함께한 그해 가을 속으로 끌어가곤 했기 때문이다. 여자가 베란다에 나서자, 그가 먼저 와 서 있었다.

"벌써 바람이 선선해졌죠?"

여자가 말했다.

"네, 그러네요."

담배를 피워 문 그의 침울한 시선은 담장 밑 석류나무에 머물러 있다. 여름에 지친 나무가 성급하게 잎들을 내려 보내기 시작했는지 성글게 남은 희뿌연 잎사귀 사이로 붉은빛 도는 석류 몇 개가 보였다.

"아세요? 참새들 사이에서도 왕따가 있다는 걸……. 저기

보세요. 저기 혼자 있는 참새가 스스로 있는 걸까요, 아니면 무리에게서 따돌림 당해 혼자 있는 걸까요?"

시선을 그대로 석류나무에 둔 채 말하는 남자의 음성이 가라앉아 있었다. 무슨 얘긴지 감을 잡지 못한 여자가 그의 시선 쪽을 바라보았다. 수십 마리 참새들이 나무에 떼를 지어 앉아 있었다. 그런데 오직 한 마리가 멀찍이 떨어져 담장 위에 앉아 있는 모습이 보였다.

"저기 혼자 있는 참새가 스스로 있는 걸까요? 아니면 무리에게서 따돌림 당한 걸까요?"

그는 질문을 반복했다. 여자는 미처 대답할 말을 찾지 못하고 있었다.

"나는 언제나 저랬죠, 초등학교 때부터. 아니지, 유치원 때부터……."

남자는 말을 멈춘 후, 입에 담배를 물어 "후—우" 연기를 길게 내뿜었다. 말리어 나온 연기가 허공 속에 스멀스멀 녹아들 동안, 그는 말없이 담배연기만 응시하고 있었다. 한참 후, 한숨을 토해낸 그는 혼잣말하듯이 낮게 말했다.

"처음엔 내 자의가 아니고 당했죠. 그렇게 계속되다 보니 내가 스스로 따돌림을 택하는지 모르지만…… 이젠 혼자가 편해요."

그의 말을 듣고 있는 여자의 가슴에 시린 바람이 지나갔다. 치유받지 못한 상처투성이 영혼이 집 나온 아이처럼 남자 속에 쭈그리고 앉아 있는 게 느껴져 왔다. 여자가 낮게 말했다

"누구에게나 아픈 과거는 있게 마련이죠."

"원장님도 있나요?"

"어렸을 때 시골에서 자랐어요. 너무 시골이라 한 학년이 두 반밖에 안 되는 학교였어요. 난 언제나 오빠가 입던 옷을 입고 다녔죠. 그나마 오빠도 사촌오빠가 입던 옷을 입어서 내게 올 때는 소매 끝은 너덜너덜하고 무릎이나 팔꿈치에 구멍이 나 있는 것들이었죠. 남자 옷을 입었다고 친구들이 나를 '남장'이라고 놀리고……. 그때 난, 언제나 저 담장 위 참새처럼 혼자였어요. 언젠가 내가 좋아했던 남자애가 놀릴 때는 나도 모르게 눈물이 터져, 해진 옷소매로 훔치며 교실로 가고 있었죠. 그런데 담임선생님이 나를 보셨나 봐요. 그때 그 선생님이 말했죠. '남자 옷을 입든 여자 옷을 입든 그게 뭐가 어쨌다는 거니? 넌 도둑질한 것도 아니고 사기를 친 것도 아닌데. 그들에게 속으로 외치렴. 그래, 나 남장했다. 그래서 어쨌다는 거냐?'고. 그렇잖아요? 그게 뭐가 어때? 하고 말할 수 있는 거잖아요?"

여자는 초등학교 4학년 담임이었던 여드름 흉터 위에 늘 화장이 들떠 있던 노처녀 선생님을 떠올렸다. 그녀를 생각하면

마음이 포근해지곤 했다.

"저들 무리가 만들어내는 공기, 아니 파장 같은 것이 그들에게 가는 걸 가로막죠, 그들이 사는 세상과 나 사이에 전류가 흐르는 막이 있는 것처럼."

남자가 낮게 투덜거리듯 말했다.

"그러나 그 막은 내 쪽에서 발을 내딛으면 쉽게 찢어져요. 그러니 발로 한번 그 막을 뻥 차 봐요."

여자가 분위기를 바꾸려고 부러 익살스럽게 말하며 발로 차는 시늉까지 했다. 그때 무언가 걸리적거리며 여자의 마음속에 존재를 드러냈다. 여자는 슬며시 고개를 숙였다.

"내가 그 막을 차버릴 수 있도록 도와줄래요?"

아릿한 감정 속에 빠져든 여자에게 아무것도 모르는 남자가 물었다.

"내가 도울 일이라는 게…… 참, 이렇게 인사 잘 해주는 것도 돕는 거겠죠?"

감정에서 빠져나온 여자가 부러 소리 내어 웃자 그도 엷게 웃었다.

원장실로 돌아온 여자는 의자에 앉아 조용히 눈을 감았다. 정작 자신도 그 막을 넘어 발을 내딛지 못했다는 것을 알고 있었다. 주혁의 부모님과 영문학 교수인 누나, 매형이었던 변호사가 함께 만났던 그 식탁을 떠올렸다. 주혁은 가족들에게 여자를 소개하기 위해 호텔에서의 점심 자리를 마련했었다. 자리에 앉자마자 싸늘하게 느껴지던 공기. 사람을 대할 때 마땅히 갖춰야 할 온기를 전혀 내포하지 않은 눈들이 만들어내는 냉기였다. 한번 여자를 훑어보고는 말없이 식사만 하던 그들, 그 안에서 주혁은 허둥대고 민망해했다. 식사 후 계산을 하는 주혁을 멀찍이서 바라보며 로비구석에 서 있던 그녀에게 그의 어머니가 다가왔다.

"요즘 전문직 여성 선 자리가 많이 나오던데……. 시골학교라 결혼하면 계속할 수도 없잖아요? 나온 대학도 그렇고…… 화가가 되더라도 학벌은 중요하죠? 군대 대신 시골에서 공중보건의를 하다 보니 아가씨를 만났군요. 우리 아이가 많이 외로웠나 봐요."

주혁의 어머니는 표정 하나 흐트러트리지 않고 결 고운 음색으로 한 마디 한 마디를 가지런히 줄 세워가듯 천천히 말했다. 말하는 표정과 입 매무새, 높지도 낮지도 않은 나긋나긋한 음성은 여자까지 잠시 몽롱한 감동에 휩싸일 정도였다. 그날 이후, 여자는 고상하고 세련된 말투와 교양 넘치는 태도를 가진 이들을 신뢰하지 못하게 되었다. 품위 있는 표정과 격식 갖춘 말투는 때로 고쳐지기 어려운 속물근성을 숨기는 포장일 수 있었다. 여자는 결국 주혁의 가족들과의 사이에 놓인 막을 넘어서지 못했다. 주혁도 스스로 멀어져 간 그녀를 포기하고 가족들이 있는 막 속으로 들어가버렸다.

그 후 남자는 여자를 보면 더 반가운 얼굴로 인사해왔다. 이제 엘리베이터를 타지 않고 4층까지 계단을 걸어 오르는 여자를 보면 자연스럽게 따라 올라왔다. 계단을 오르는 그의 날렵해진 동작이 여자의 눈에 들어왔다. 염색도 했는지 새치도 깨끗이 감춰졌다.

"몸이 아주 좋아졌어요. 머리도 깔끔하고."

"13kg 뺐어요. 원장님 따라서 한 덕분이죠."

남자는 잘 맞은 받아쓰기 시험지를 내보이는 초등학생 같은 얼굴로 환하게 웃었다. 여자 또한 유치부 아이들을 대하듯이 엄지손가락을 세워 보이며 웃어주었다. 응원해주는 애인이 생기면 웅크린 그의 영혼이 더 빨리 일어설 수 있으리라는 생각도 했다. 김선생에게 이제 그가 살도 빠지고 사회성도 좋아지고 있으니 인사 좀 나누고 사는 게 어떠냐고 물었다.

"그런 남자하고 어떻게 그렇게 살아요? 그러다 따라다니면 어쩌려고."

"그거 알아요? 우리는 너무 쉽게 누군가를 소외시키는 막을 치고 있다는 것…… 참새들과 별 차이 없지……."

"예?"

앳된 얼굴로 동그랗게 눈을 떠 쳐다보는 김선생을 본 여자가 피식 웃고 말았다.

여자가 화장실에서 나와 복도를 걸어 학원 문을 잡을 때, 복도 맞은편에 있는 세무사무실 문이 열리고 누군가 급히 걸어 나오는 소리가 들렸다.

"저, 잠깐만요."

여자는 뒤를 돌아보았다. 남자가 다가왔다. 그의 얼굴이 벌게진 걸로 보아 또 아버지에게 당했나 보다고 여기며 기다렸다.

'강 세무사의 호통소리가 요즘은 들리지 않던데……'

"저어."

남자가 침을 꿀꺽 삼키는 소리가 들렸다.

"함께 오늘 저녁식사 하시지 않겠어요?"

떨리는 목소리로 그가 하는 말은 전혀 의외였다. 의아해진 여자가 되물었다.

"저랑 저녁식사요?"

"네."

남자의 음성이 떨어뜨린 공명을 느끼며 여자는 잠시 망설였다. 그에게 다정하게 인사해주고 말을 나눈 것은 그가 막을 깨치고 타인에게 다가서도록 돕고자 하는 마음뿐이었다. 여자에게 그는 그저 연민의 대상일 뿐 그의 마음이 여자의 내면까지 확장해 들어오는 것은 생각조차 못 했다.

"저는 오늘 저녁 약속이 이미 있어요."

"오늘 아니면 다른 날이라도."

의외로 남자는 용기를 길게 붙잡고 있었다. 여자는 고개를 숙이고 남자에게 할 답변을 잠시 궁리했다. 터놓고 거절을 해서 그의 마음을 추슬러 주어야 할 것 같았다.

"나는 마음에 다른 사람이 있어요. 혹시 그런 뜻이라면……저는 전혀 아니에요."

여자가 그를 바라보며 고개를 좌우로 돌렸다. 실망으로 일그러지는 그의 눈빛을 뒤로하고 여자는 학원 문을 밀고 들어서 문을 닫아버렸다.

다음날 여자가 학원 문을 잠그는데, 남자가 세무사무실에서 나왔다. 퇴근 시간이 이미 지났으므로 여자는 4층에 혼자인 줄 알았는데 그는 여자의 퇴근을 기다리고 있었던가 보다. 가을로 접어들어 해가 짧아져 건물 안 복도는 이미 어둑어둑했다. 여자는 좀 더 이른 시간에 학원을 나오지 않고 이런 시간에 그와 단둘이 있게 된 상황을 만들어버린 어리석음을 자책

했다. 문을 잠그고 열쇠를 빼 드는 여자 뒤에 남자가 다가와 섰다.

"나와 얘기 좀 해요."

뜻밖에 그의 음성이 단호했다. 여자는 이럴 때일수록 담담하게 행동해야 한다고 다짐하며 냉정하게 대답했다.

"무슨 얘긴데요?"

"난, 이대로 넘어갈 수가 없어요, 당신이 없으면 난 다시 예전으로 돌아갈 수밖에 없으니까. 이제 새로운 세상을 보는 것 같아요."

남자의 목소리가 울먹였다.

"그러니 나 좀 도와줘요. 이제 살도 뺐잖아요? 더 뺄 수도 있어요. 일도 좀 손에 잡히기 시작하고, 새로 인생이 시작된 것 같아요. 그러니 당신이 제발 좀 도와줘요 내 옆에서 내내."

"그럴 수 없다고 말했잖아요?"

여자의 목소리에 짜증이 묻어 나왔다. 고작 지방의 두께를 들이대며 사랑을 구하는 유치한 의식이라니. 내내 도와주라니……. 누군가는 그를 도와야겠지만 자신이 그 일을 할 수는 없었다. 난감해진 상황에 여자는 한숨을 토해냈다.

남자도 고개를 숙이고 "허어—." 긴 숨을 토해냈다.

여자는 냉정하게 되돌아서 엘리베이터로 향했다.

여자가 그를 느낄 때

남자가 복도에 풀썩 쓰러지듯 앉았다. 그는 이어 소리 내어
울기 시작했다.

"내가 어떻게 하면 되겠어요? 말만 해요. 당신이 원하는 대
로 할게요. 나도 이제 사람들 속에서 살고 싶어요."

그가 울음을 물고 소리쳤다.

엘리베이터까지 걸어갔던 여자가 되돌아갔다. 여자는 들썩
이는 그의 어깨에 손을 얹고 달래듯 말했다.

"이제 말도 잘하고 힘을 냈으니 나 아니고도 좋은 아가씨 만
날 거예요. 그러니 일어나요."

그가 천천히 일어섰다. 갑자기 그의 손이 여자의 손을 잡았
다. 손에 힘이 가더니 여자의 손을 입술에 가져갔다. 여자가
손을 뿌리치자 그는 여자의 팔을 낚아채고 이어서 여자를 덥
석 안았다. 여자의 입술 위로 그의 입술이 겹쳐왔다. 여자가
힘껏 그를 밀치며 소리쳤다.

"이게 무슨 짓이에요?"

성난 여자의 눈에 부딪힌 남자의 눈에는 놀람, 절망, 분노의
감정이 차례로 교차했다. 여자의 감정을 깨닫게 된 그는 고개
를 숙이고 숨을 깊이 내쉬었다. 고개를 들었을 때 남자의 눈에
는 실망감만 잔잔히 떠 있었다. 여자는 구정물이라도 떨구어
내듯 양손을 털며 서둘러 엘리베이터로 다시 향했다. 털썩 주

저않는 소리가 들렸지만 여자는 개의치 않았다. 어두워 오는 복도에 또깍또깍 힐소리만 크게 남긴 여자가 엘리베이터에 올랐다. 닫힘 버튼을 누르며 여자는 잔잔해진 남자의 눈 속에 남겨진 것이 자신에 대한 실망감이라는 걸 생각하고 있었다.

그 후 여자는 의도적으로 남자를 피했고 퇴근할 때는 되도록 김선생을 대동했다. 복도에서 가끔 그와 부딪히면 인사를 나누는 것도 뭐해 그대로 지나쳤다. 남자도 이제 그녀를 보면 고개를 숙이고 지나갔다. 다시 여자의 원장실에 강 세무사의 고함소리가 들려왔다.

남편이 2주간 외국출장을 가게 되었다며 선미가 여자와 저녁을 함께 해주었다.

"참 언니, 요즘 이상한 소문 있더라. 강 세무사 아들과 언니가 좀 이상하다는."

"쓸데없는 얘기는…… 아버지한테 날마다 당하는 다 큰 어른이니 불쌍하잖아. 그 풀 죽어 다니는 꼴 좀 봐. 너도 인사 좀 해줘라. 누구 하나 말 나눠 주는 사람 없으니……."

"그렇지? 불쌍해서 친절하게 대하나보다 했어. 나이도 언니보다 한참 아래고…… 사실 불쌍하긴 해. 그 아버지가 보통 사람인가? 집에서 아주 폭군이래. 마누라도 꼼짝 못한다잖아?

우리 엄마한테 그 사모님이 한 얘기인데, 어젠가 세무사회에서 주최하는 호텔 칵테일파티에 멋진 옷 입혀 앞세우더래. 그런데 파티 중 뭐가 마음에 들지 않았는지, 글쎄 강 세무사가 얘기하는 척 하면서 슬쩍 발을 부인 발 위에 얹더니 그대로 힘껏 눌러 비벼버리더라는 거야. 얼마나 아프던지 사람들 앞에서 소리도 못 지르고 절뚝거리며 화장실로 가서 문 잠그고 끄윽 끅 울었다고 그러더래."

선미의 얘기를 들어가던 여자의 가슴이 아득해졌다.

"제 기분 좋으면 잘해주다 기분 나쁘면 짓밟는 강자들의 습성이지, 강자의 얄팍한 아량 속에는 약자의 감정배려는 없어. 그뿐인 줄 알아? 사모님이 예전 시대라 초등학교만 나왔나 봐, 큰아들이 마누라 닮아 그렇다며 폭언이 심하다네. 그 성격에 어려서부터 자기 욕심에 부합되지 못하는 아들을 어떻게 대했겠어? 어린아이가 받았을 상처를 생각하면…… 둘째 아들은 회계사거든, 그러니 상대적으로 큰아들이 비교깨나 당하며 컸겠지. 결국 멀쩡한 사람 하나 바보 만들어버렸지 뭐."

여자의 가슴이 점차 먹먹해졌다. 그는 강자의 이기적인 아량을 그의 아버지에게서만 경험했을까? 지금쯤 그녀에게서 그의 아버지를 느끼고 있을 수도 있었다.

"참 언니, 우리 혜미 아빠가 말하던데, 회사에 이번에 생명

보험 쪽에서 한 사람 왔는데 이혼남이래. 나이는 마흔이고 아이도 없다네. 그래서 언니 한번 대보고 싶다고 하던데. 그쪽에도 이미 운을 뗐나 봐, 한번 만나보고 싶다고 하더라는데……."

"왜 이혼했대?"

"여자가 고등학교만 나왔었나 봐. 집에서 반대하는 걸 결혼해보니, 결국 수준 차이 때문에 안 되겠더래. 집안이 아주 좋나 봐. S대 출신이고."

여자는 이혼당한 여자가 느꼈을 그 투명한 막을 생각했다.

'그 여자도 그 안으로 발을 내딛지 못했겠지.'

"배워 보았자, 한 사람의 머릿속 지식이라는 것이 뭐 그리 대단하다고……. 많은 지식이 꼭 대단한 일을 이루게 하는 것도 아니고."

"하긴 그래, 주혁 씨 의사부인 만나 결국 부부가 함께 강남에서 멀쩡한 피부 조금 더 광택 내주는 일 하고 살잖아? 뭐 지구를 구할 일이라도 할 것처럼 그랬던 걸 생각하면……."

선미가 여자의 말에 대꾸한 후 입을 샐쭉거렸다.

11월로 들어섰다. 토요일 오후 입시생 지도로 피곤해진 여자가 학원을 나섰다. 1층에서 엘리베이터를 나오자 느티나무 아래에 수북이 쌓인 낙엽들이 날려 와 건물 통로에 뒹굴고 있었다. 감빛 선명한 느티나무 잎 하나를 여자가 주워들었다. 이면도로를 돌아서니, 은행나무 가로수 사이를 지나온 바람에 노란 단풍이 흩날리고 거리는 고흐가 그린 밀밭처럼 노란 빛 속에 일렁였다.

"이런 가을날에 혼밥은 좀……. 누군가를 돕고 있는 동안에는 외롭지 않습니다……. 우리가 혼자인 이유는 어쩌면 우리의 이기심 때문인지도 모릅니다."

텔레콤 가게의 라디오에서 흐르는 디제이의 음성이 잔잔했다. 가을우체국 앞에서 그대를 기다리다— 이어지는 락그룹 싱어의 노래까지 여자의 뒤를 따라왔다.

여자는 그냥 걷고 있었다. 로또 컨테이너 앞에 왔을 때 갈색 양복을 입은 남자가 보였다. 빛바랜 로또명당 현수막 밑에서 그는 검은 가방에 음료수 빈 캔을 대충 쑤셔 넣고 있었다. 이어 남자는 소슬한 바람 속을 걸어갔다. 여자보다 30여 걸음 앞선 그는 언제 다시 살이 붙었는지 양복 입은 다리통이 미어질 듯하고 오른손에 든 가방 때문인지 어깨까지 처졌다. 그의 처진 어깨 위에 눈길을 두고 뒤에서 걷던 여자가 갑자기 종종 걸음으로 달려갔다.

"함께 저녁식사 할래요?"

남자가 고개를 돌려 영문을 모르는 눈으로 바라보자 여자가 다시 물었다.

"나랑 저녁식사 할래요?"

"지금요?"

남자의 물음에 여자가 고개를 끄덕였다. 남자도 천천히 고개를 끄덕이자 여자가 다가가 슬며시 그의 팔을 잡았다. 남자의 어깨가 바로 펴지는 것을 보면서 자신의 눈에도 어릴 눈물을 감추기 위해 여자는 슬며시 고개를 숙였다. ⚘

— 2017년 한국예총 『예술세계』신인상. 2018년 1월 『예술세계』

무
채
색 무
색 지
개

그녀의 목소리는 입술과 혀끝만을 이용해 구강 전방부에서 내는 가느다란 음색으로 말끝에 공명이 따랐다. 손놀림만큼이나 정교하게 만든 느낌이었다. 절제된 목소리와 자태에 주눅이 든 나는 말없이 차만 마셨다. 강석준도 말이 없다.

무채색 무지개

　스마트폰을 열어 밀린 카톡에 답을 몇 줄 달고, 창밖으로 눈을 돌리니 단풍으로 물들어가는 산이 흘러가고 있었다. 벌써 가을의 가운데로 접어들었음이 여실하다. 사실 요즘 계절의 변화조차 느낄 여유가 없었다. 6개월 전, 바로 옆 건물로 파고 들어온 이웃 약국은 원가 이하의 가격 현수막을 내걸고 호객꾼까지 동원했다. 덤핑가격 약으로 유인해 훈련된 언변으로 쓸데없는 약을 강매하는 그들의 영업방식을 아는 일반인은 많지 않았다. 자연스럽게 우리 약국은 조제 건수가 반 토막이 났다.

　1주일 남은 직원들 월급날이 머릿속을 맴돌지만 오랜만에 혼자 해보는 고즈넉한 여행을 염려로 채우고 싶지는 않다. 고향 친구들은 이름과 얼굴이 짝을 이뤄 기억되는 친구는 몇 안 되고 대부분 어린 시절 한 시점의 표정이나 자태만이 오래된 사진 속 모습처럼 떠올라왔다. 열차 안에 사투리가 좀 많아졌다 싶더니 벌써 나지막한 산등성이에 배 과수원들이 보인다. KTX가 생긴 요즘은 불과 두 시간 거리인데, 진숙이 어머니 장례식이 없었다면 아마 올해도 나주를 찾아볼 생각은 못했을 것이다.

누가 내게 고향을 물어오면 쉽게 나주라고 대답해 왔지만, 사실 내가 나고 자란 곳은 영산포였다. 옛 나주읍과 영산포읍이 통합되어 나주시로 이름이 바뀐 후, 이제 내 고향은 행정구역상 지명조차 없다. 영산포역을 인터넷으로 찍었더니 탱크처럼 무뚝뚝하게 생긴 웬 증기기관차 머리 사진이 나왔었다. 폐쇄된 영산포역은 이제 철도공원이 되었단다.

나주역은 나도 오늘이 초행이어서, 벽에 붙은 배나무 사진이 없었다면 경상도 어느 소도시나 진배없이 서먹하게 느꼈을 것이다. 역사를 나오니 유난히 높고 한적한 10월 하늘이 펼쳐져 있다. 바쁜 걸음으로 택시 승강장으로 몰려가는 사람들을 피해 옆으로 비켜 나와 광장에 섰다. 시골? 아니 도시? 어디에 가까운지 쉽게 감이 오지 않는다. 가까이 보이는 건물들을 둘러보았다. 호텔, 모텔, 식당, 간판들을 일일이 읽어가며 한참을 서 있었다.

어느 사이 광장이 한산해졌음을 알아차리고 택시 승강장으로 천천히 걸음을 옮겼다. 대기하고 있는 택시를 향해 가는데, 뒤에서 살집 좋은 중년남자가 갑자기 튀어나와 뚱뚱한 배를 들이밀고 구르듯이 달려가 잽싸게 그 차를 타버렸다. 남자를 태운 택시가 떠나가는 것을 보면서 좀 당황했지만 급할 것도 없기에 그냥 기다리기로 했다. 사람도 차도 없는 택시 승강장에서 다시 앞 건물들과 그 위로 펼쳐진 하늘을 바라보다가 앞으로 뻗어 나간 한길에 눈길을 주기도 하면서 한참을 혼자 서 있었다. 기다림이 좀 길다고 느껴지려는데 내 눈치를 살피듯이 서서히 다가서는 택시가 보였다.

택시에 오르며 기사에게 행선지를 알렸다.

"백합장례식장으로 가 주세요."

"일찍 오셨소오잉, 서울서 오셨소?"

볕에 그을린 얼굴 때문인지 택시기사가 아니라 농부처럼 보였다. 50대 중반쯤으로 보이는 그의 느긋한 억양과 진한 전라도 사투리가 고향 땅이라는 것을 확인해주었다.

"네, 이곳이 고향인데 20년 만에 와 보네요."

"오메, 그래라우? 여그는 하나도 안 변했을 거요, 오히려 쪼

그라들지라우."

"제게는 안 변한 게 더 좋지요, 그래야 고향 같으니까요. 괜찮으시다면, 가는 길에 되도록 천천히 운전해주시겠어요? 좀 돌더라도 옛 시가지 쪽으로 해서 가 주시고요."

"그러면 나야 좋지라우, 지가 잘 안내해 드리지라—우."

고향에 온다고 생각하니, 까마득하게 잊어버렸다고 여겼던 추억까지 봄비 내린 다음날 길가의 잡풀들처럼 머릿속 여기저기 싹을 트고 나왔다. 그래서 시간을 여유 있게 가질 요량으로 이른 KTX를 탄 것인데, 도착해보니 아직 오전 11시도 안되어 장례식장에 가기에는 좀 이른 것 같다.

택시는 광장에서 마주 보이던 한길을 지나 좌회전하여 더 큰 도로로 나왔다. 내 기억에도 남아 있는 나주—영산포간 대로이다. 예전에는 들판이었던 곳에 베니스니, 낭만이니 하는 이름을 단 모텔들이, 값싼 향수처럼 천한 냄새를 풍기고 서 있다. 도시든 시골이든 어디를 가나 보이는 러브호텔들, 한껏 선정적인 교태를 부리고 있어서 더욱 처량해 보이는 모텔들은 내 고향이라고 비켜서 주지는 않은 듯하다.

택시가 영산강에 이르자 기사는 속도를 줄이며 설명을 해갔다.

"여가 영산대굔디요, 새로 만든 다리여서 신다리라고들 불렸는디, 20년 전에도 있었지라우? 저쪽 오른쪽에 보이는 것이 일제시대 때부터 있던 구다리이구만요. 이제 둘 다 구다리라고 해야 허것소만."

"네, 알아요. 저는 저 구다리를 건너 학교에 다녔어요. 예전엔 여기 하천가에 유채꽃이 만발했었는데……."

"하면이요, 지금도 봄이면 유채꽃이 장관이지라―우. 다리건너, 여가 영산동인디 영화 '장군의 아들' 보셨오?"

"아니요."

"워매, 영산포 사람이 그 영화 안보면 쓴다요? 그 영화가 여그서 찍어진 것 아니것소? 이 동네에 일제시대 집이 아직 많이 남아 있어서 말이요. 영산포가 나주평야 복판에 있어서 곡창지대 아니오? 그래서 일제시대 때 일본 놈덜이 이 들판서 생산된 곡식들을 여그서 목포항까지 배로 가져갔답디다."

설명하던 기사가 왼손으로 창을 가리키며 계속했다.

"저리 들어가면 큰 일본식 집이 있는디, 일제시대 때 이곳 농토를 거의 다 갖고 있던 일본인 갑부가 살았던 집이다고 헙디다. 그 집을 지금은 무슨 문화유산인가 지정 받을라고 시에서 애쓰고 있다는디요."

나는 농협조합장의 딸이었던 진숙이네가 살았던 집 '구로즈미 이타로'의 저택을 잘 기억하고 있다. 긴 복도와 수많은 창문이 있던 그 집이 지금도 남아 있나 보다.

차가 옛 장터거리를 막 지나자 택시기사는 설명을 다시 이었다.

"여가 현재 영산포 본정통이지라우"

이제까지 오면서 보았던 길들보다는 확실히 더 번화하다. 서울에서도 눈에 익은 프랜차이즈 빵집 간판이 보이고, 1층에 약국이 있는 건물 2층에 의원들이 조밀하게 이름들을 내달았다. 멋 부린 마네킹이 서 있는 옷가게들이 1층에 연달아 있고, 깔끔한 녹색 유리벽으로 치장한 농협건물도 보인다. 직업 때문이겠지만 언제나 그렇듯이 태평양약국, 금성치과, 참빛안과, 박이비인후과, 이내과 등 간판들을 읽고 있다. 차가 의원들 밀집지역을 돌자 1층에 목포횟집, 2층에 '강석준 의원. 성형외과 피부과'라고 쓰인 간판이 보였다. 3층엔 한복 입은 마네킹이 서 있는 걸로 보아 한복 맞춤집이나 대여점일 수도 있겠다. 그 거리에서 보기 드문 4층 건물이라서 눈에 띄기도 했지만, 내가 그 건물을 눈여겨 본 것은 강석준이란 이름 때문이다.

'강석준, 혹시 석준오빠? 하지만 석준오빠는 산부인과라고 하지 않았나? 광주에서 개업했다고 했었는데.'

나는 언젠가 전해 듣고 저장해 두었던 내용들을 꺼내어 짝을 맞추어 보았지만 이가 잘 맞지 않았다. 강석준, 그는 내가 고향을 생각할 때마다 제일 먼저 기억의 틈새를 비집고 나왔다. 오늘 기차에서도, 20대의 청년이었던 그가 맑게 웃던 얼굴을 떠올렸었다. 이제까지 내가 고향을 가슴에 품고 살아오는 것도 퇴색되지 않은 강석준에 관한 기억 때문일지 모른다.

나와 진숙이가 중학생이었을 때, 강석준은 고등학생이었다. 성당 중고등부 회장이었던 그는 호리호리한 몸에, 여드름 하나 없이 매끈한 피부로 누구에게나 거리낌 없이 웃어주는 환한 표정의 미소년이었다. 균형 잡힌 이목구비를 갖춘 그가 화려한 언변으로 깔끔하게 모임을 인도하는 학생회는 자연스럽게 회원들의 참여율을 높였다. 여학생들 사이에서는 그의 선고운 얼굴이 인기 있었던 만화영화에 나오는 테리우스를 닮았다하여 그를 테리라 불렀다.

진숙이는 입만 열면 테리오빠 얘기였다. 그에게 부쳐지지 못할 편지를 써대는 진숙이를 보면서 차마 말은 못했지만 기타를 치며 찬양을 인도하는 그의 모습은 내 시선도 사로잡았고, 중저음의 그의 목소리에는 가슴이 저릿했다. 그러나 예쁜 고등부 언니들에게 둘러싸여 있는 테리에게, 내성적인 나나 부끄럼 많은 진숙이는 다가가 말을 붙여볼 용기조차 내지 못했다. 질투심에 마음이 달아오른 우리는 멋 부린 고등부 언니들의 흠을 잡아 속닥여대는 것이 전부였지만 그가 있기에 성당은 즐거운 곳이었고 그를 볼 수 있는 주일은 기다려지는 날이었다.

그날은 미사 후 중고등부 야유회 날이었다. 우리는 중앙동 성당에서 선창가 어물전을 지나 구다리를 건너고, 우리 집 쪽에 있는 강변 둑길을 걸어 둑의 끝자락에 연결된 청량정이라는 곳으로 갔다. 강변 제방으로부터 산으로 오르는 가파른 경사로를 올라가면, 축구장만 한 널따란 고원이 나왔는데, 그곳에서 내려다보면 영산강과 하천부지, 멀리 들판과 읍내까지 한눈에 보였다.

함께 모여 찬양을 한 후, 이어서 수건돌리기도 하고, 가져간 배구공으로 발야구를 하려던 시간이었다. 나는 원래 운동을 좋아하는 부류가 아니라서, 구경이나 하려고 멀찌감치 떨어져 섰다. 회장인 강석준은 나처럼 소외된 아이들에게 찾아와 "우리가 오늘 하는 운동은 시합이 아니라 친목이야, 참여하는 것이 중요하지 잘하고 못하고는 의미가 없지." 하면서 가볍게 등을 밀고 데려가는데, 그의 친절한 말투와 눈빛에는 거부 못할 힘이 들어 있었다.

그에게 이끌려 참여한 나도 한참 재미가 붙었을 때였다. 힘껏 공을 차고 뛰어가다 질긴 바랭이에 발이 걸려 풀밭에 나뒹굴고 말았다. 넘어지면서 공교롭게 발목이 접질려 일어설 수가 없었다. 곧 오른쪽 발목이 코끼리 다리처럼 부어오르고 아파서 그대로 앉아 있는 것조차 쉽지 않았다. 결국 인솔하신 수녀님은 누군가 나를 집으로 데려다 줄 사람을 찾았고 회장인 강석준이 지원자가 되었다.

부어오른 오른발 통증이 심해 왼발에만 의지하여 걸으려니 아무리 석준의 팔에 의지한다 해도 몇 걸음 못 가서 지칠 수밖에 없었다. 비명을 질러대는 내가 안타까웠는지, 석준은 내 앞에 앉아서 등을 내밀었다. 하는 수 없이 석준의 등에 업혀 가는데 5월의 뜨거운 햇살 아래 석준의 등은 땀으로 젖고 나 또한 앞섶이 땀에 흥건했다. 석준도 힘이 드는지 나를 둑 가장자리 풀밭에 내려놓았다.

"미안해 오빠."

"괜히 싫다는 널 끌어들여 다치게 만들었으니 내가 더 미안하지."

이마의 땀을 훔치며 나를 바라보는 석준의 얼굴은 햇볕 아래서 더 희고 투명해 보였다.

"저기 유채꽃밭 좀 봐."

강변을 바라보며 석준이 말했다. 활짝 핀 유채꽃이 강변을 물들여 노란색 도화지를 펼쳐놓은 것 같았다. 가운데 누운 강

무채색 무지개

물은 진파랑 물감으로 칠해져 있었고, 짙푸른 강가에 간간이 서 있는 수양버드나무들은 노란 유채꽃에 취해 연둣빛으로 물들어가고 있었다. 노란 유채밭과 진파랑 강 위에 펼쳐진 옥색 하늘은 꿈속처럼 아득했다.

"정말 수채화같지 않냐?"

엷은 미소를 담고 나를 바라보며 묻는 석준의 땀에 젖은 얼굴과 순한 눈빛도 수채화에서 튀어나온 소년처럼 투명해 보였다.

우리 집 대문 앞까지 나를 부축해준 석준은 되돌아서면서 말했다.

"우리 집은 기차역 뒤, 일본식 집이야. 담장에 장미덩굴이 올라와 있는……. 요즘 만발한 장미꽃으로 담장이 큰 화관이 됐어. 언제 놀러 와."

그날 장미가 피어 있는 자기 집 담장을 묘사한 그의 말은, 깊은 울림으로 마음에 들어와 박혀 나이 오십이 다되어가는 지금까지 내 안을 맴돌고 있다. 초등학교나 교회의 담장에 둘러진 덩굴장미를 볼 때마다, 만발한 장미꽃으로 담장이 큰 화관이 됐다던 그의 목소리를 기억해냈다. 처음 가본 동네 좁은 골목길, 허름한 대문을 타고 넘는 줄장미 앞에서도 화사한 장미꽃 화관을 연상했다. 남색 체크무늬 남방의 팔을 걷어 올리고 경쾌한 발걸음으로 걸어가던 열일곱 소년의 뒷모습과 함께.

그해 겨울에는 눈이 자주 내렸다.

눈이 많이 쌓여 있던 주일 오후, 학생부 소식지를 만드는 편집진들과 간부들이 모여 소식지에 낼 사진을 찍는 날이었다. 성당입구 마리아상 앞에서 포즈를 잡았는데 고등부 총무가 삼발이에 사진기를 세우고 초점을 맞추고 있는 사이 석준은 앞에 서서 "어 혜숙이 좀 옆으로 딱 붙고, 영재는 뒤로 가고." 사진 찍기 위한 대열정비를 했다. 중학생인데다 키가 작은 나는 일찌감치 앞자리 중앙에 자리잡고 서 있었다.

총무가 셔터를 누르려는 찰라, 갑자기 석준이 두 손으로 눈을 함박 떠서 무더기로 내 얼굴에 던졌다. 그리고는 장난스런 웃음을 터트리며 달아났다. 눈 세례를 받은 나는 눈을 떠서 뭉치면서 석준의 뒤를 따라 달렸다. 석준은 성당 뒤 잔디밭 쪽으로 달아나고, 나는 뒤따라 달리면서 석준의 머리를 향해 눈을 던졌다. 눈덩이는 빗나가고 다시 눈을 뭉쳐 뒤따라가고, 마침내 멈춰서 웃고 있는 석준의 얼굴을 향해 힘껏 던졌다. 눈덩이는 석준의 오른쪽 귀를 맞추고, 의기양양해진 나는 웃으며 뒤돌아 달리다 눈 속에 넘어지고, 석준은 눈을 한 움큼 퍼서 넘어진 내 얼굴에 끼얹고. 우리는 냇가에서 물싸움하듯이 눈을 퍼서 서로를 향해 끼었었다. 눈밭에서 넘어지고 구르다 어느 순간 눈 속에 누워 있는 나와 석준의 눈이 마주쳤다. 숨을 멈추었다.

그의 눈 안에 오직 내 눈이 들어가 있었다. 내 눈 속에는 그의 눈만이 들어와 있고. 나를 향한 진한 열망을 담고 있는 그의 눈, 그도 내 눈에서 그를 향한 갈망을 보았으리라. 그의 얼굴이 눈에 누운 내 얼굴 위로 서서히 내려왔다. 고요, 정적, 시간이 정지되고……. 우리는 둘 다 흠칫 놀랐다. 정신이 든 우리는 눈밭에서 일어섰다. 말없이 걷는 석준의 뒤를 따라 나는 아이들이 기다리는 마리아상 앞으로 천천히 걸어갔다.

그해 학생부 소식지 뒷장에 인쇄된 편집진 사진에서 석준의 얼굴은 유달리 시무룩해 보였다. 환희와 죄책감이 버무려져 혼란스럽던 당시 내 심정도 역시 찌푸린 표정으로 그 사진에 찍혀 있었다.

택시 기사가 유리창을 내리자 생선냄새와 홍어 삭은 냄새를 품은 공기가 차 안으로 덮쳐 들어온다.

"여가 영산포 선창인디, 이 냄새 기억허지라우? 물 좋은 홍어는 다 여기서 삭혀서 전국으로 간답디다. 이쪽이 구다리인디 기억나요? 집이 저 다리 건너 영강동이었다고 했잖소?"

이 다리를 건너가면 영산포역과 닿을 것이다. 역 뒤에 일본식 건물 서너 동이 있고 그곳에 석준의 집이 있었다. 일제 강점기 때에 역무원들이 살던 집이라고 했다. 다리 쪽으로 몇 걸음 나아가 선창 강기슭의 등대를 찾았다.

"아직도 저기 옛날 그 등대가 있네요."

"그러믄이요, 일제시대 때부터 있었던 거라고 이제 문화유산지정을 받았다는디요."

눈 사건 이후, 주일 오후면 석준과 함께 집에 가는 일이 잦아졌다. 석준에게는 항상 동행하는 학생들이 많아 나는 그중의 한 명일 때가 대부분이었지만, 무리에 끼어 그와 동행하는 것만으로도 가슴 떨리는 일이었으며 우리 집이 그와 같은 방향이라는 것에 감사했다. 아는 것 많은 그는, 다리를 건너며 아이들에게 여러 가지를 설명하곤 했다. 일본인들이 우리 양곡을 배로 실어 나르기 위해 등대를 세웠으며, 다리가 영산포역과 일직선으로 세워진 이유도 곡물을 철도로 실어가기 위해서였다는 걸 석준의 설명을 통해 알았다. 광주학생의거가 나주역에서 광주를 오가던 통학생들 사이의 사건에서 시작됐다는 것도 그에게서 들었다.

운 좋은 날에는 석준과 둘이서만 다리를 건너기도 했다. 등대가 내려다보이는 곳에서 우리는 걸음을 멈추고 얘기를 나누기도 했는데, 그는 내 장래희망을 묻기도 하고 학교생활에 조언도 했었다. 난간을 두 손으로 붙들고 서 있는 내 옆모습을 바라보는 석준의 시선을 느끼며 나는 긴장으로 눈앞이 아득해져서 등대에만 시선을 더욱 고정하곤 했다.

석준이 광주로 대학을 간 후부터는 성당미사에 잘 나오지 않았다. 간간히 나오더라도 그때는 청년부 소속이라 그의 얼굴을 대하기가 쉽지 않았다. 몇 달에 한 번씩 그것도 방학이라도 돼야 교회에 나오는 그가, 미사 후에 성당 마당 플라타너스 그늘 밑에서 신부님과 얘기하고 있는 모습을 봤을 때도 나는 옆에 다가가 인사조차 건네지 못했다. 작은 읍내에서 보기 드문 의대생이 되었으니 성당에서도 특별대우를 하는 듯했고, 세련되고 예쁜 대학생 언니들과 함께한 그는 내가 다가가기에는 다른 세상에 속해 있었다.

그가 없는 성당은 조용하고 지루했으며 점차 따분해졌다. 중, 고생모임을 끝내고 다리를 건너올 땐 석준처럼 풍부한 지식을 바탕으로 의미 있는 소재로 얘기하는 학생도 없었다. 나는 마음속으로 석준과 그들을 비교하며 그들이 나누는 시시한 농담이나 연예인들 얘기를 치가 떨리도록 싫어했다. 그들과는 다른 고상하고 품위 있는 석준을 사랑하는 것만으로도 나는 그들보다 우월하다는 턱없는 자부심까지 자라갔다.

내 자부심이 커질수록 나는 아이들로부터 더 소외되어갔다. 석준이 없는 주일 오후, 주체하기 힘든 외로움과 고독에 휩싸여 돌아오는 경우가 많아졌다. 등대나 강물을 내려다보면 빠르고 거침없는 말투로 설명하던 석준의 목소리가 되풀이해 들려 눈물을 좔좔 흘리면서 다리를 건너기도 했다.

그런 날, 다리를 건너자마자 왼편으로 있는 우리 집으로 가는 둑길을 그냥 지나쳐 계속 걸어 역으로 가곤 했다. 역 앞에서 그가 주말이면 기차를 타려고 밟을 역사를, 열성 교인이 성지를 바라볼 때 가질 만한 경건한 심정으로 바라보곤 했다. 걸음은 저절로 역 뒤에 있는 석준의 집으로 향했다. 녹슨 양철지붕 일본식 집 2층 창을 바라보며 그곳이 석준의 방이라고 혼자서 단정했다. 낮은 담장에 눈이 소복이 쌓여있던 날, 참새들이 담장 위에 만들어 놓은 발자국들을 하릴없이 세다가 돌아오기도 했었다. 5월에 찾아 갔을 때는 담장 위에 빼곡히 피어난 장미꽃 무리가 숨을 멈추게 할 만큼 만발한 날이었다. "장미꽃화관"이라고 담장을 표현하던 석준의 말이 마음속에서 꽃다발처럼 번져 화사한 슬픔 속에 서 있기도 했다.

그렇게 중학시절을 보내고 고등학생이 되었을 때 우리 집은 서울로 이사를 했다. 그 이후 석준을 멀리서도 볼 수 없게 되었다. 가끔 진숙이가 몸달아하며 그에 대한 애달픈 마음을 적어 보내는 편지 속에서만 석준의 모습은 보일 뿐이었다.

　진숙의 어머니 장례식에는 생각보다 아는 사람이 많지 않았다. 남편 따라 울산에서 살고 있는 진숙이와 만난 지도 10년이 넘었다.

　"우리 엄마야 그래도 호상이지, 80이 넘도록 건강하게 지내시다가 가셨으니⋯⋯."

　생각보다 진숙이는 덤덤했다. 초등학교 동창인 중늙은이 사내들을 두서너 명 만나 옛 애기를 나누며 점심을 먹고 나니 오후 3시가 넘었다. 장례식장을 나오려는데 진숙이가 문간까지 따라 나와 나를 한편으로 몰아세우고 주위를 둘러본 후 목소리를 낮춰 말했다.

　"너 기억하니? 강석준 말이야, 누구한테 들으니까 버스터미널 부근에서 성형외과 한다네. 원래 산부인과였는데 잘 안 됐나봐. 일반의로 성형진료 한대. 시간 되면 한번 들려봐."

　"테리오빠는 날마다 네가 기도문처럼 외우던 이름 아니니? 그러니 네가 가봐야지."

　진숙은 나를 향해 눈을 길게 흘겼다

　"내가 모르는 줄 알았어? 강석준에 대한 네 마음 말이야. 가난과 사랑은 숨기지 못한다고 누가 그랬더라? 아무튼 여자란 나이 50이 되도 내숭은……."

진숙이는 한쪽 입술을 샐쭉 치켜 올려 웃었다. 진숙의 말이 실없다고 여기면서 오는 길에 바라보기만 했던 다리를 건너가 내가 살던 집터라도 볼까 생각하며 식장을 나왔다.

한적한 외곽을 벗어난 택시가 오면서 보았던 의원들이 많은 거리로 들어서자, 강석준 의원이 보였다.

"잠깐만요, 여기서 멈춰주세요."

"구다리 앞에 세워달라고 안 했소?"

"여기서 만나볼 사람이 생각나서요."

택시는 강석준 의원을 50m쯤 지나서 세워졌다. 천천히 걸어서 병원 앞에 섰다. 몇 분 동안 위를 올려다보다 마음을 다잡고 2층 계단을 올라갔다. 서먹한 기분으로 열린 자동문 안으로 들어섰다. 둘 다 도톰한 콧대와 왕방울만 한 눈을 가져 비슷해 보이는 두 여자가 합창이라도 하듯이 '어서 오세요' 하면서 일어섰다. 만면에 미소를 만들어 반기는 인형처럼 생긴 그녀들을 보면서 코디네이터 친절교육에 투자를 많이 했겠다고 생각했다.

"원장님 좀 만나 뵙고 싶은데요."

내 말에 여자들이 갑자기 눈빛을 바꾸어 탐색하듯이 나를 바라보았다. 키가 큰 왕방울 눈 여자가 또 다른 왕방울 눈 여자와 눈을 맞춘 후 "무슨 일이죠?" 내게 눈을 더 크게 치켜뜨고 물었다. 둘은 나를 불청객으로 잠정 결론을 내렸나보다. 눈치를 챈 나는 입가의 작은 갈색 점을 손가락으로 가리키며 말했다.

"얼굴의 이 점 좀 문의하려고요."

"네에— 여기 성함과 주민등록번호 적어주세요."

여자는 금세 화사한 표정으로 바꾸고 메모지와 볼펜을 내밀었다. 그들이 내 차트를 만드는 동안 병원의 여기저기를 둘러보았다.

'강석준 의원이 드리는 특별한 이벤트! — 제모 특별 세일가 9만 원, 레이저토닝 5회 신청시 1회 무료서비스, IPL(1+1), 비만관리 소개자 특별 할인가 적용(30%DC)……'

떨이매장 앞에 붙여진 현수막처럼 여기저기 선정적으로 쓰인 문구들이 읽혔다. 어떻게든 환자의 구매를 유도하는 노골적인 상술을 보면서 마음이 편치 않았다.

'아마 진숙이가 잘못 들었나 보다. 석준오빠가 이런 방법으로 돈벌이에 눈이 멀어 있지는 않을 텐데.'

그냥 돌아 나갈까 생각하는데 간호사가 진료실 쪽에서 나를 불렀다. 엉거주춤 따라 들어갔다. 깔끔하고 고급스러운 인테리어가 눈에 들어온다. 이렇게 인테리어에 돈을 발랐으니 대기실에서 본 세일 판이라도 붙여야 했겠지 생각하며 환자 의자로 다가갔다. 파마기 있는 장발머리 의사가 들어오는 나를 별로 신경 쓰지 않은 듯, 컴퓨터 화면을 보며 키보드만 몇 개 두드렸다. 나는 두세 개의 볼펜과 작은 자가 꽂힌 그의 왼쪽 가슴에 붙은 가운 주머니를 바라보았다. '원장, 전문의 강석준'이라고 씌어 있다. 의사가 내 쪽으로 몸을 돌리며 물었다.

"어떻게 오셨습니까?"

눈이 마주쳤다. 눈동자에 약간의 출렁임이 일어나는 게 보였다. 내 입가에 이는 의미 있는 미소까지 확인한 그가 물었다.

"어, 전에 오셨나요? 아— 혹시 그 정인이? 성당 학생회?"

눈꺼풀이 처져 눈 뒤꼬리를 약간 덮었지만 선이 고운 인상이 여전한 강석준이다.

"그래요 석준오빠, 저 정인이에요."

"와 정인이? 지금도 예쁘네. 그런데 약국 한다고 들은 것 같은데……."

"그래요, 그런데 오빠는 산부인과 아니었나요?"

"그랬지, 요즘 산부인과로 밥 먹기 어려워 성형이나 하고 살지."

무채색 무지개

그가 약간 멋쩍어하며 손을 내밀었다. 가볍게 악수를 나누었다.

"들리는 소문에는 정인이가 서울서 아주 큰 대형약국을 한다던데……."

"맞아요. 오늘 친구 어머니 소천 소식 듣고 장례식에 왔어요. 요 앞을 택시로 지나다 오빠 이름이 써진 간판을 보고 혹시나 하고 들렀죠. 기억하세요? 저와 같은 학년이었던 정진숙이요. 같이 성당에 다니던……."

"글쎄, 잘 모르겠는데 오래전 일이잖아, 한 30년 됐나?"

"오빠는 지금은 어느 성당 다니세요?"

"흠"

그는 웃기만 했다.

"가끔 가긴 하지만 거의 안 다녀 요즘은……."

"어머, 석준오빠가 성당에 다니지 않아요? 누구보다도 성당에 열성이었잖아요?"

"열성? 흠."

그는 책상을 바라보며 되씹듯 말했다.

"그건 그렇고, 우리 오랜만에 만났는데 저녁이나 같이 먹지. 토요일이라, 나도 이제 진료가 거의 끝났거든……."

그는 주섬주섬 책상 위 물건들을 치워갔다. 몇 권의 의학 서

적이 책상 오른쪽에 쌓여 있고 그 위에 신문이 놓여 있다. 신문 뒤 석준 쪽에 여성지가 있고, 그 위에 머리를 손으로 치켜 올린 채 무릎을 꿇고 앉은 비키니 차림의 여자 표지모델 스포츠잡지가 보였다. 내 눈이 그곳에 닿는 것을 본 석준은 "응, 병원 광고를 냈거든 어떻게 나왔는가 보려고……." 입 안에서 말을 얼버무렸다.

그에게 가운을 벗고 옷을 갈아입을 시간을 주어야겠다고 여겨, 나가서 대기실서 기다리겠다며 뒤돌아서는데 책장 여유선반에 놓인 여인의 사진이 눈에 들어왔다. 챙이 넓은 흰 모자를 쓰고, 어깨가 훤하게 들어난 진홍색 나시를 세련되게 입은 여인이다. 눈이 크고 콧등이 오똑하고 갸름한 턱, 한눈에도 보통의 한국 여인의 생김새와는 차이가 있는, 원하는 대로 뜯어 고쳐 멋지게 성공을 거둔 얼굴이다.

"사모님이세요? 아주 미인이시네요. 영화배우 같아요."

"으응, 미인은……."

그는 왼쪽 입꼬리를 올려 미소인지 조소인지 모를 야릇한 표정을 지었다.

"거기 두라고 막무가내니. 싸우지 않으려면 그곳에 둬야지 뭐……."

아내에 대하여 말하는 그의 어투와 표정으로 보아 부부관계가 그리 좋지는 않은 모양이라고 생각하면서 밖으로 나와 대기실의 벨벳소파에 앉았다. 잠시 후 가운을 벗고 버버리 바지에 갈색 콤비를 입은 그가 나왔다.

"나 지금 퇴근할게, 후배 선생님이거든."

간호사들에게, 애써 후배라는 말을 강조하는 어투로 나를 설명하는 것 같은 느낌을 받으며 그의 뒤를 따라 계단을 내려왔다. 계단 아래서 나를 기다리던 그가 1층 횟집을 턱으로 가리키며 말했다.

"예전에 산부인과 할 때 지었던 건물인데…… 내가 투자를 잘못했어. 지금은 여자들이 애를 낳지 않아서 산부인과 관두고 1층이랑 3층은 임대를 했어."

"이런 건물도 있고, 오빠 부자네요."

"부자? 완전히 쫄딱 망했어. 대도시에 투자를 했어야지 이런 촌구석에 건물 지어 뭐 하겠다고 지었는지…… 그때 산부인과 좀 될 때 서울로 돈을 투자했어야 되는데, 시골 바닥에 땅 사고 건물 지었으니 이 모양 이 꼴이지…… 차 내올게 여기서 기다려."

내 기억 속의 석준과는 전혀 다른 그의 말투를 되짚어 보고서 있는데 "김정인, 어서 타." 이 모양 이 꼴이 되었다는 그가 BMW 7시리즈 차문을 내리고 말했다. 그의 옆 좌석에 앉았다.

"정인이는 돈 많이 벌었지? 요즘 대형약국하면 돈 많이 벌잖아? 우리 병원 옆 건물 약국 돈 쓸어 담던데……."

그의 말을 들으면서 아까 그의 병원대기실에서 보았던 문구들을 떠올렸다.

'이 사람이 석준오빠 맞나?'

"저는 그렇게 못 벌어요."

"참 정인이 소설가 되겠다고 안 했던가? 학생회 회지에 글도 많이 썼잖아?"

그는 나의 중학교 때 희망을 기억하고 있나보다.

'그도 그 눈 오던 날 우리가 나누었던 눈빛과 사건을 기억하고 있을까?'

소설가가 꿈이었던 내가 약사로 마음을 바꾼 것은 순전히 석준이 의료에 대한 환상을 심어준 탓이었다.

"나는 의사가 되려고 해, 우리 지방만 봐도 돈 없어 치료 못 받는 사람들이 얼마나 많냐? 예수님이 이 땅에 오셨을 때 말씀 전하는 일 외에, 제일 많이 한 사역이 병 고치는 것이었다는 것 알아? 나는 예수님 마음으로 환자를 섬기는 삶을 살고 싶어."

이처럼 말하던 고등학생 석준의 얼굴은 환하게 빛을 내는

무채색 무지개

133

듯했었다. 그의 표정을 떠 올릴 때마다 나는 좋은 약사가 되려고 결심했던 내 초심을 회복할 수 있었다. 수입에 크게 연연하지 않을 수도 있었다.

앞만 바라보며 나는 혼잣말처럼 대답했다.

"그랬었죠."

"나는 요즘 밥 먹고 살기 힘들어, 마누라는 서울 대치동에 아파트 하나 사달라고 조르다가, 지금은 애들 교육시킨다고 올라가 있고."

"그러세요? 그럼 오빠도 자주 서울 올라오겠네요?"

"가긴 가지 가끔, 돈 버느라 자주는 못 가. 우린 토요일도 일 하잖아? 속없는 마누라는 자주 올라오지 않는다고 잔소리가 심하지만, 일요일 하루 쉬는 것 다녀오면 피곤해서……"

"그럼 사모님께서 자주 오시겠네요?"

"마누라? 주말에 애들 과외 시키느라 올 새가 있나? 그런데 정인이는 마치 한국 안 사는 사람처럼 말하네."

그가 눈썹을 올려 의아하다는 표정으로 나를 바라봤다.

"서울은 과외비도 왜 그리 비싼지, 족집게 과왼가 뭔가가 한 달에 2000만 원이라니까."

"2000만 원이요?"

"그래, 그러니 뭐 나야 돈 벌어 대기가 쉽지 않지. 그런데,

정인이네 애들은 안 하나?"

"그런 비싼 과외가 있다는 얘기도 못 들었는데요. 서울도 지역 나름인가? 저는 강남 살지 않거든요."

그는 나를 슬쩍 쳐다보더니 다시 운전대 너머로 시선을 돌렸다. 차는 잘 닦인 도로를 광주 쪽으로 달려 길 정리가 그런대로 잘된 시가지에 이르렀다. 여기저기 모텔들이 보이고, 동방정교 모양의 원형 탑으로 지붕을 꾸미며 온통 흰색 칠을 한, 백악관이란 예식장 앞을 지나며 내가 말했다.

"여기는 신도시 같아요. 길도 잘 닦여 있고요."

"그래, 4대강 사업을 한다고 하더니 화려해졌어. 여기가 강이 보이는 곳이라 말이야, 몇 년 전에 이곳에 땅만 사놨어도 괜찮은 건데…… 내 동기 내과 하는 친구는 이곳에 땅 사서 재미 좀 봤지. 나한테 사자고 할 때 빚이라도 내서 샀어야 했는데……. 하필 그때 서울에 아파트를 사느라고."

입만 열면 돈타령인 그가, 예전의 그 수채화 속 소년 같던 강석준과 여간해서 겹쳐지지 않았고, 점차 오목가슴 아래가 좀 답답해 오기 시작했다. 뭐라도 그에게 비위를 맞추고 빨리 얘기의 방향을 돌리고 싶었다.

"그래도 서울 강남에 아파트 샀으면 잘 하셨네요."

"잘하긴? 내가 상투 꼭대기 잡은 거야. 지금 많이 떨어졌어.

내 참……."

그는 가볍게 혀를 차며 대답했다.

이차선 도로로 접어들어 몇 분을 더 간 뒤 2층으로 된 건물 앞, 자갈이 깔린 마당에 차를 세웠다. 마당 입구에 새워진 입 간판에 전통 한정식 '향원'이라고 쓰인 것으로 보아 한식집인 모양이다. 강화유리문을 열고 들어서자, 머리가 군인처럼 짧 고 면도자국이 새파래 유달리 건강해 보이는 검은 양복 입은 젊은이가 급히 다가왔다. 그는 "원장님 오셨습니까?" 친숙한 음성이지만 절도 있는 동작으로 고개를 깊이 숙여 인사한 후, 손바닥을 펴서 2층 쪽을 가리켰다. 앞장선 강석준이 계단을 올라 자연스럽게 문을 열고 들어간 복도 끝 방은 진갈색 마루 에 연노랑 한지의 질감을 살려 도배된 자그마한 방이었다.

잠시 후 문이 열리더니 단정하게 머리를 뒤로 묶고, 쪽빛 염 색이 된 마직 치마에 흰 저고리 개량한복을 입은 여인이 들어 왔다. 30대 말쯤 되었을까? 말간 피부로 깔끔하게 화장된 얼 굴에 잔잔한 미소를 머금었다. 쪽빛 치마 위로 둘러진 옥양목 앞치마가 풀을 먹여 잘 다려져 있고, 눈이 부실만큼 희다. 그 녀는 다소곳이 앉아 뒤따라온 아주머니가 가져온 쟁반을 받아 다기를 상 위에 소리 없이 놓았다. 흰 모시 차받침을 놓고 찻 잔에 차를 따라 가는데, 너무도 조신하고 정교한 그녀의 손놀림을 나는 행위예술을 보듯이 숨죽이며 지켜보았다. 강석준이 우리를 서로에게 소개했다.

"마담 윤은 이곳 사장님인데 우린 좋은 친구지, 이 예쁜 약사님은 내 후밴데 서울서 큰 대형약국을 하시고."

대형약국을 강조하는 그의 말이 약간 불편하여 분위기를 바꾸기 위해, 언제나 사장님께서 이렇게 직접 봉사하시느냐고 마담 윤에게 물었다.

"평상시는 못하지만 우리 강 원장님은 제가 해야지요."

고개를 약간 왼쪽으로 기울여 애교 섞인 표정을 지으며 말했다. 그녀의 목소리는 입술과 혀끝만을 이용해 구강 전방부에서 내는 가느다란 음색으로 말끝에 공명이 따랐다. 손놀림만큼이나 정교하게 만든 느낌이었다. 절제된 목소리와 자태에 주눅이 든 나는 말없이 차만 마셨다. 강석준도 말이 없다. 침묵을 깬 것은 잔 공명을 담은 마담 윤의 목소리였다

"강 원장님, 식사하실 거지요?"

"그러지, 저녁시간이잖아?"

석준이 대답하자 그녀는 살며시 일어나 작은 보폭으로 미닫이문을 밀고 나갔다.

"와, 저 사장님 참 곱네요."

"얼굴은 별로잖아?"

외모를 자주 언급하는 그의 말들이 거슬려서 얼굴도 미인이
지만, 말투나 자태가 귀부인처럼 우아하다고 부연 설명했다.

"그런가?"

그는 내 눈을 빤히 바라보며 입가에 웃음기를 띠고 뭔가 말
하려다 참는 눈치였다.

얼마 후, 다시 마담 윤이 들어오고 뒤이어 종업원 아주머니
가 음식이 가득 담긴 카터를 밀고 왔다. 마담 윤은 뒤에서 아
주머니가 건네주는 음식 접시들을 두 손으로 건네받아 상 위
에 나열해 나갔다. 놓을 자리를 미리 정해놓은 듯이 망설임 없
이 접시를 놓아가는 그녀의 손놀림은 일정한 리듬을 갖고 있
어, 손끝에서 느린 가락을 흘리고 있는 듯했고 마치 학이 호수
위를 날 듯 우아하게 움직였다.

서리태가 섞인 고슬고슬한 밥 옆에 모시조개가 들어간 맑은
미역국까지 놓은 그녀는 예의 가늘고 고운 목소리로 천천히
맛있게 드시라고 한 후 나를 향해 눈웃음을 지으며 나갔다.

눈부시게 깔끔한 그녀의 앞치마만큼이나 정갈하게 잘 차려
진 음식은, 하나하나가 입에 착착 달라붙는다. 강석준은 별 말
없이 음식을 먹다가, 내 젓가락이 두 번만 가도 "응, 이것 먹어
봐." 하면서 접시를 내 앞에 옮겨주었다. 예전에 다리를 접질
린 나를 업고 청량정에서 집까지 데려다주던 그의 땀 젖은 등

이 생각났다.

"아이들과 사모님이 서울에 있으면 여기서 혼자 사세요?"

"그렇지, 병원 4층에서 지내, 시골이라 아파트도 많지 않고 해서."

"그럼 병원을 서울로 옮겨보지 그러세요? 혼자 지내기 힘드실 텐데."

"처음엔 그럴까도 생각했는데, 이젠 혼자 있는 것이 편하기도 해. 마누라는 돈만 주면 좋아하고, 나는 나대로 즐길 수 있고……."

눈이 마주치자 내 눈에서 생소함이 느껴졌는지 그가 부연했다.

"뭐 그렇다고 문제가 있는 건 아니고, 이 나이 되면 거의 그렇지 않나? 마누라는 아이들 교육에만 빠져 있거든……."

"사모님이 그렇게 교육에 열심이신 걸 보면 아이들이 공부를 아주 잘하나 봐요?"

"좀 하지, 큰애가 작년에 의대에 가고. 둘째는 올해 고2인데 S대 보내겠다고 마누라가 눈 부릅뜨고 감시하고 있으니……."

갑자기 그의 눈에 생기가 돌았다. 목소리에도 힘이 들어갔다.

"정인이 아이들은 어때?"

"저희 애들은 그저 나름대로 최선을 다하죠, 뭐."

내 말이 우리 아이들이 공부를 못한다는 뜻으로 들렸는지 그는 힘준 입술을 양쪽으로 치켜올려 얼굴에 자만심을 뚜렷이 나타냈다. 나는 교사가 되겠다며 S대 사대에 진학한 큰아이와 영화감독이 되려는 꿈을 갖고 재수 중에 있는 둘째를 생각했다. 남편은 엄마의 대책 없이 낭만적인 사고가 아이들의 장래를 망치고 있다고 말하곤 했다. 나는 적성에 맞고 의미를 부여할 수 있는 일을 찾아 반듯하게 사는 것이 아이들의 삶을 행복하게 만들 것이라고 대꾸했다. 그러면서 그렇게 살아가고 있을 사람, 강석준을 떠올렸었다.

"요즘은 우리 때와는 달라. 돈을 쏟아 부어야 결과가 좋더라니까. 그래도 우리 애들은 돈 부은 만큼 따라주니 고맙지 뭐."

석준은 목을 세우고 점잔을 빼며 말했다. 그의 말을 들으며, 아이들에게 바라는 직업적 목표를 이미 이룬 그의 삶이 그렇게 모든 걸 포기하며 이뤄내야 할 만큼 의미 있는 것인지 묻고 싶었지만 꾹 참았다. 소년시절 그가 주장했던 예수님 마음으로 살려는 노력을 포기하고 그는 과연 큰 이득을 얻어가는 삶을 살았을까? 포기한 만큼 더 행복해졌을까? 생각이 꼬리를 물고 있는데 미닫이문이 열리고 새하얀 옥양목 에이프런이 다시 보였다.

"원장님, 숭늉 드릴까요?"

여인의 가느다란 목소리는 이번에도 공명이 여운처럼 길게 따랐다. 강석준이 여유 있는 표정으로 대답했다.

"좋지—."

마담 윤이 들어와 다시 학처럼 고아한 손놀림으로 내 옆에 숭늉을 먼저 놓고, 희고 긴 손가락으로 아담스레 그릇을 감싸 강석준의 국그릇 옆에 숭늉대접을 놓았다. 강석준의 손이 그녀의 희고 소담스런 손등을 감쌌다. 그녀가 천천히 손을 빼갔다.

석준의 차에서 내려 나주역 광장을 걷는데 밤공기가 차갑다. 바바리 깃을 추슬러 잡고 대합실을 지나 열차에 올랐다.

목포에서 출발한 기차 안은 거의 비다시피 한산하다. 의자에 몸을 던지다시피 털썩 앉았다. 갑자기 피로가 몰려오고 온몸이 나른해졌다. 히터가 너무 센지 열차 안 공기조차 후덥지근하다. 바바리를 벗어 앞에 덮고 머리를 의자에 눕혔다. 숨을 길게 내쉬며 창 쪽으로 얼굴을 돌렸다. 흑경이 된 유리창에 팔자주름이 선명한 중년여인이 보였다. 검은 거울 속, 처진 눈으로 바라보는 여인, 얼굴도 옷도 무채색인 내 그림자가 초라하다. 바라볼 무지개가 없는 사람은 퇴색할 수밖에 없다.

무채색 무지개

"꺅―."

깜짝 놀라 고개를 돌렸다. 통로를 사이에 두고 대각선에 앉은 아이들이 스마트폰을 함께 보면서 낄낄거렸다.

"오빠! 나 잘하지? 그치?"

주황색 후드 여자애가 하늘색 파카를 입은 남자아이 얼굴 밑에 스마트폰을 들이밀며 즐거워한다. 게임에서 이기기라도 했나보다. 고등학생으로 보이는 그들은 서로의 배를 치며 깔깔거렸다.

'인생이 채색되어 보이는 것은 저 아이들 또래까지만 가능할까?'

하루 종일 휴대폰을 열지 않았으니 약국과 가족들, 여기저기서 온 카톡과 문자가 수북이 쌓여 있을 것이라는 생각이 들었지만 휴대폰을 꺼내고 싶지도 않았다. 머리를 다시 의자에 눕히고 숨을 길게 내쉬었다. 바바리를 당겨 올리고 잠이라도 청하기 위해 눈을 감았다. ✳

판피프 판피프

"당신은 거기만 빼고는 온몸이 차서……." 잠자리에서 남편이 하는 말이었다. 살집이 있어서인지 언제나 몸이 따뜻한 남편에 비해 삐쩍 마른 소정은 손발도 몸도 차가운 것은 사실이었다. "몸이 저렇게 쇠꼬챙이 같아서야……. 여자가 몸이 차니 아이가 잘 들어서질 않지." 손자를 바라던 송여사가 지은이를 낳고 불임이 된 소정에게 자주 하는 말이었다.

판피프 판피프

　거실 벽에 걸린 뻐꾸기시계가 '쁘—골' '브—골' 맥 풀린 소리로 두 번 우는 소리를 냈다. 소정은 느릿느릿 몸을 일으키며 사다 놓은 지 십 일이 넘은 시계건전지를 남편이 아직도 바꾸지 않았나 보다고 중얼거렸다. 애꿎은 남편이라도 비난해야할 기분이었다. 침대머리에 등을 기대고 앉은 소정이 두 손으로 볼을 감싸 눈을 비비다가 손 갈퀴를 만들어 푸석한 파마머리를 빗어 넘겼다.

　출근하는 남편과 딸의 아침거리로 토스트 두어 조각이 놓인 접시와 오렌지 주스 병만 식탁에 내 놓은 채, 다시 들어와 그대로 침대에 누웠었다. 이런저런 생각으로 뒤엉킨 머리를 눕히고 쪽잠을 자다 깨다 하면서 반나절을 보냈다. 기분 같아서는 어떤 음식도 입에 대고 싶지 않지만 금간 갈비뼈 때문에 약을 먹으려면 우유라도 하나 덥혀 먹어야 할 것 같다.

"저도 한번 살아보라지. 참고 참아가다 결국 쳐 올라오는 뜨거운 눈물 쏟아봐야 내 속 알겠지." 중얼거리며 장롱 안에 있는 이불이란 이불은 모두 방바닥으로 끌어내렸다. 이럴 때는 일거리라도 붙드는 것이 나을 것 같아서 빨래라도 해볼 생각이다. 갑자기 손놀림이 빨라진 소정이 이를 악문 채 이불홑청을 북북 뜯어냈다. 침대이불이며 시트까지 걷어 한 아름 안고가 욕조에 던져 넣었다. 이마에 주름을 잡아 끙 소리를 내면서 손목에 힘줄이 솟아오르도록 힘껏 수도꼭지를 돌렸다. 쐬쐬쐬 성난 소리를 내지르며 쏟아지는 물줄기를 이불홑청이 되받아쳐 소정의 얼굴에까지 물이 튀었다.

물이 차오르자 세제를 통째 가져와 건성건성 흩뿌린 후, 바지 단을 걷어 올리고 욕조 안으로 들어섰다. 대중없이 받은 물이 소정이 들어서자 위에 떠 있던 세제가루와 함께 넘쳐 내렸지만 개의치 않았다. '내가 저하고 씨름해가며 공부시킨 게 결국 나처럼 살게 하려고 그랬나? 그렇게도 철이 없다니. 시어미와 사는 것이 어떤 건지 내 사는 꼴 보아왔으면서도…….' 소정은 날숨을 길게 입으로 내쉬었다. 딸 지은이를 생각하면 터져 나오는 한숨을 어쩔 수 없다.

　마음이 물 젖은 광목처럼 무거워서인지 몸은 얼마 못 가 사흘쯤 물에 담긴 솜덩이처럼 축 늘어진다. 갈비뼈에 금이 가 있으므로 절대 안정을 취하라는 의사의 말을 무시해버렸더니 아무래도 탈이 붙었나, 오른쪽 가슴이 후끈거리며 욱신거린다. 1주일 전, 늦은 김장을 준비하느라 절인 무로 가득한 대야를 잰걸음으로 나르던 중이었다. 오십견으로 힘을 못 쓰는 오른손이 스르르 미끄러져 무가 주방에 나뒹굴고, 무 절인 소금물로 뒤범벅된 바닥에 발이 미끄러져 생긴 낙상이었다. 오십견에다 그까짓 낙상으로 골절까지 됐다는 걸 보니 어쩔 수 없는 게 나이인가 보다. 하긴 나이로 보나 바람 빠져가는 풍선처럼 탄력을 잃어가는 피부로 보나, 아무래도 이제 살 만큼 살았나 보다. 소정의 마음이 더 심란해졌다. 몸에 열이 나는지 오슬오슬 추워온다.

　이름 대면 다들 알아주는 대학을 졸업하고, 어렵다는 교사 임용고시까지 단번에 합격하여 중학 수학교사로 출근하는 딸의 모습은 언제 봐도 소정의 마음을 뿌듯하게 했다. 그런 지은이가 서른이 되기까지 결혼을 안 해도 소정은 별로 걱정하지 않았다. 모나지 않은 성격에 번듯한 직업 있지, 또렷한 쌍꺼풀에 콧날까지 곱지, 거기에 키까지 적당하니, 딸의 삶에는 색색

판피프 판피프

이 잘 배열해 짜인 꽃자리처럼 보기 좋은 자리만 펼쳐질 줄 알았다. 적어도 소정 자신의 생활과는 판이하게 다르리라 여겼었다.

그런데 결혼상대라며 지은이가 데려온 남자가 어쩌면 그리도 소정이 결혼했던 젊은 날의 남편과 똑같을 수가 있는지 생각할수록 어이가 없다. 가진 것이라고는 20평짜리 연립주택 하나에 홀시어머니란다. 어머니가 나이 마흔둘에 혼자 됐다고 했다. 소정의 시어머니가 서른에 혼자 된 것이고 보면, 제 엄마 시집왔던 자리와 같은 조건을 일부러라도 찾아 데려온 것이 아닐까 싶을 정도다. 데려온 청년의 생긴걸 봐도, 작달막한 키에 좁은 어깨하며 눈꼬리가 내려앉은 외겹눈꺼풀까지 남편처럼 세상살이에는 으레 뒤서기 좋아하면서 어머니 눈치나 봐대는 전형적인 홀어미 아들로 살 게 뻔했다.

지은이는 어려서부터 고분고분한 아이였으므로 계속 반대하면 물러서겠지 했었는데, 결국 내일로 상견례 날까지 잡고 말았다. 상견례까지 해버리면 결혼은 이미 받아놓은 밥상 아니겠는가? 소정은 머리를 세차게 흔들었다. 핑그르르 현기증이 일어났다. 욕실 벽을 붙들고 눈을 감았다.

정신을 가다듬어 보니 푸르스름한 비눗물 속에 반쯤 잠긴 발등이 내려다 보였다. 정맥이 푸르뎅뎅하게 오롯이 솟아난 발등이다. 소정은 삐쩍 마르고 거무스름한 자신의 발이 마치 처음 본 발처럼 생소하여 한 발을 들어 보았다. 지은이가 지난 여름에 샌들에 어울린다며 발라준 까만 매니큐어가 엄지발톱 말단에 매달려 희끗희끗 벗겨져가고 있다. 들었던 발을 힘없이 내려놓았다. 평생 집안일로 좋은 시절 다 보낸 자신이 마음을 달래려고 만들어낸 일거리가, 빨래 그것도 하필 이불빨래라니……. 그러고 보면 솔잎에 길들여진 송충이는 솔잎 외에는 다른 것 먹을 재주도 없나 보다. 소정은 아랫입술을 지그시 깨물었다.

시어머니, 송여사는 이불에 집착이 많았다.

이부자리가 깨끗해야 잠이 잘 온다느니, 그 집 여자 살림 솜씨 보려면 이불을 보면 안다느니, 예전엔 양갓집 규수 가정교육은 이불홑청 꿰매는 법부터 시작했다느니, 남편 잘 섬기는 여자는 내외 잠잘 이불부터 잘 챙기는 여자라느니…… 시어머니는 이불을 정갈하게 단속해야 할 이유를 앉은 자리서 열 가지쯤은 능히 주워섬길 수 있었을 것이다. 그러므로 무슨 일이 있어도 송여사가 쓰는 보료와 이부자리는 물론 손님용 이불은 항상 깨끗이 세탁되어 있어야 했다.

송여사는 한 달이 멀다하고 이불빨래를 내놓았고, 가끔 소정 부부가 거처하는 안방에까지 들어와 침대시트를 들춰 보기도 하고, 장롱 문을 열어 소정이 시집올 때 가져와 몇 년째 쓰지 않는 이불까지 귀퉁이를 손으로 털어 먼지를 확인하기도 했다. 그러다가 홑청을 후드득 뜯어내 욕조에 던져 넣고 수도꼭지에서 쇠 부딪치는 소리가 나도록 한껏 수도꼭지를 열어젖혔다. 그럴 때 소정은 '관절염이라는 노인이 힘도 좋지.' 목젖까지 올라오는 말을 막느라 입술을 꾹 다물고 세제 통을 찾아 뒤 베란다로 향했다.

시어머니 송여사의 이불홑청에 대한 애착은 확실히 유별났다.

송여사 개념으로는 이불이 변변한 구실을 하려면 잘 표백된 무명 홑청으로 시침질되어 있어야만 하는 것으로 세탁기에 돌려서 훌훌 빨아 뒤집어 지퍼만 물리면 되는 요즘의 이불은 인스턴트에 불과했다. 그러므로 그런 이불만 덮고 사는 것은 날마다 라면만 먹고 사는 것처럼 볼품없고 경박한 살림살이를 하고 있다는 의미였다. 그런 송여사가 지시하는 홑청 세탁법은 어찌나 복잡한지 처음에는 순서를 외우기조차 쉽지 않았다.

먼저 깨끗이 빨린 홑청을 반쯤 말린 후, 밀가루 죽을 말갛게 쑤어 풀을 먹이게 했다. 그리고 다시 햇볕에 널어 꼬들꼬들해지면 곱게 접어 무명천에 말아 그 위에 올라서서 한참을 밟게 했는데, 구겨진 홑청들이 소정의 몸무게로 밟혀 편편해지면 송여사는 다시 흰 대리석 다듬잇돌 위에 얹어놓고 다듬이질을 하게 했다. 소정의 두 어깨가 방망이질로 축 늘어질 때쯤이면, 송여사는 무명홑청을 겹겹이 뒤로 뒤집은 후 다시 또 방망이질을 시켰다. 잘 다듬이질된 홑청은 마치 무게 있는 로울러로 펴 놓은 진흙 판처럼 흠 하나 기포 하나 없이 속 겹까지 번듯했다. 그러면 또 햇볕에 바싹 말려 마지막에 전기다리미로 마무리까지 해야 끝나는 일이었다.

그렇게 만들어진 새하얀 이불홑청은 구김 하나 없이 매끈하고 반듯하여 보기에도 처녀아이 피부처럼 고왔다. 냄새 또한 햅쌀로 방금 지은 밥 내음 같기도 하고 젖먹이 숨결 같은 향긋한 살 비린내를 머금어, 마치 살아 있는 생명처럼 안고 싶고 만지고 싶을 만큼 사랑스럽기까지 했다. 그 일은 스물다섯에 시집온 소정이 새색시 때부터 시작하여 딸 지은이를 가져 만삭 일 때도 쉬지 않았고, 7년 전 시어머니가 돌아가실 때까지 계속되었다.

이처럼 번거롭기 짝이 없는 이불빨래를 며느리에게 강요하는 송여사였지만, 이상하게도 홑청을 꿰매는 일은 절대로 시키지 않았다. 시침질만은 반드시 송여사가 손수했다. 소정이

판피프 판피프

하려고 해도 한사코 손사래를 치며 직접 하곤 했는데 시어머니가 시침질 해놓은 이불을 보고는 소정도 기가 질려 엄두를 내지 못했다. 자로 잰 듯이 정확한 간격에 한치의 흐트러짐도 없이 땀땀이 이어져 탄성을 자아낼 정도였다. 시침을 마친 후 송여사도 만족스러운지 자신이 꾸며놓은 이불을 쓰다듬으며 오른편 입술 끝을 살짝 올려 흐뭇한 미소를 띠었다. 그 표정은 새로 산 양복을 잘 차려입고 출근하는 아들의 등을 바라볼 때의 표정과 흡사했다.

사실, 시어머니 송여사의 솜씨는 특별했다.

무엇이든지 송여사의 손길을 거치면 곱게 변했다. 바느질은 물론 뜨개질이건 십자수건 어느 것도 소정은 그 솜씨를 따라갈 수 없었다. 음식도 마찬가지였다.

어느 해 봄, 송여사는 고들빼기를 한 다발 사가지고 들어와 김치를 담그라고 했다. 그때까지 고들빼기를 본 적이 없는 소정이 암담해하자 송여사가 달려들어 직접 담갔다. 송여사가 담근 김치를 남편은 식사 때마다 잊지도 않고 찾았고 밥이라면 반 공기를 비우지 못하던 지은이까지 고들빼기에 밥 한 그릇을 뚝딱 비우곤 했다. 다음해에는 소정이 일부러 시장에서 가장 좋은 고들빼기를 골라 김치를 담갔는데 한번 집어 먹어본 가족들의 젓가락은 두 번 다시 가지 않았다. 결국 쉰내가 진동하는 고들빼기김치 통을 음식물 쓰레기통에 뒤집어 탕탕 쳐서 쏟아부을 수밖에 없었다. 그런데 다행인지 불행인지 송여사는 명절이나 집안대소사 이외에는 요리를 거의 하지 않았고 소정이 한 음식에 특별히 불평을 늘어놓지도 않았다.

송여사가 이불 시침질 외에 직접 해대는 일은 하나 더 있었다. 아들의 손수건을 챙겨주는 것이었는데, 덕분에 소정의 남편은 날마다 깨끗하고 주름 하나 없이 잘 다림질된 손수건을 매일 가지고 출근할 수 있었다. 송여사가 아침마다 아들에게 내미는 손수건은 이미 다려 모아둔 손수건이 아니었다. 출근 시간에 맞춰 다려 온기가 아직 남아 있는 따뜻한 손수건이었다. 자연스럽게 소정은 아침마다 손수건을 주며 배웅하는 시어머니를 뒤에서 바라보는 신세가 되어버렸다. 시어머니가 내미는 따뜻한 손수건을 받아 바지 주머니에 넣고 현관문을 나서는 남편을 바라보면서, 아주 작아 이름조차 달기 어려웠지만 불편하기 짝이 없는 감정이 소정의 가슴에 물이끼처럼 쌓여 갔다.

"당신은 거기만 빼고는 온몸이 차서⋯⋯." 잠자리에서 남편이 하는 말이었다. 살집이 있어서인지 언제나 몸이 따뜻한 남편에 비해 삐쩍 마른 소정은 손발도 몸도 차가운 것은 사실이었다. "몸이 저렇게 쇠꼬챙이 같아서야⋯⋯. 여자가 몸이 차

판피프 판피프

니 아이가 잘 들어서질 않지." 손자를 바라던 송여사가 지은이를 낳고 불임이 된 소정에게 자주 하는 말이었다. "여자 몸이 따뜻해야 남자가 기도 살고 하는 일도 잘 풀리는 것인데……." 등뒤에서 푸념처럼 중얼거리기는 시어머니도 소정이 참아내야 할 일이었다.

송여사의 푸념을 생각해낸 소정은 가볍게 진저리를 쳤다.
"그 노인네가 시키던 이불빨래를 지금까지 하고 있다니……. 노인네가 나를 골수까지 세뇌시켜버렸나 봐!"
분풀이라도 하듯이 소정은 발꿈치로 힘껏 이불을 밟았다. 피지직 피지직 비누거품이 불어나고 뿌드드득 소리가 나더니 무명홑청이 풍선처럼 부풀어 올랐다. 부풀어 오른 부위를 밟아 무너뜨리면 그 옆이 부풀고 다시 밟으면 풍선은 발에서 미끄러져 더 큰 무명 풍선이 되었다. 금간 갈비뼈 부위가 다리에 힘을 줄 때마다 울렸다. 뼛속까지 시려오는 한기 때문에 소정은 온수를 더 틀어야겠다고 생각하지만 몸이 무거워 손을 뻗어 수도꼭지를 돌리기조차 싫다. 입술을 안으로 말아 꽉 다물고 있는 힘을 다 짜내 부풀어 오른 부위로 발을 뻗는데, 쭉 미끄러져 욕조에 벌렁 넘어지고 말았다. 물이 넘쳐 욕실 바닥으로 흘러나갔다.

엉겁결에 손을 짚었는지 오십견이 온 오른팔이 꺾여 통증이 팔뚝으로 찌르듯이 뻗쳐갔다. 이를 꽉 물었다. 버둥대면서 일어나려니 오른쪽 금간 갈비뼈 부위가 칼로 에이듯이 다시 아렸다. 가슴을 왼손으로 움켜쥐고 겨우 일어섰더니 몸이 거품과 물로 뒤범벅이 되어 있다. 머리에서 떨어지는 비눗물이 얼굴을 타고 내렸다. 오한은 더 심해져 온몸에 소름이 돋고 바들바들 떨렸다.

시어머니 송여사는 잔병치레가 잦았다.

송여사 말에 따르면, 고향 청주에서 밥술깨나 뜨는 집안 딸로 손에 물 묻히지 않고 자라난 자신이 시대 잘못 만나 치러야 했던 가난한 집 시집살이는 섣달 눈보라 속을 속곳만 입고 걸어가는 것처럼 힘겨웠다고 했다. 더구나 신랑이 나이 서른 아내에게 두 살배기 아들 하나만 붙여주고 먼저 갔으니, 딸린 자식 거두며 살아온 세월은 온몸으로 감내하는 시린 세월이었으리라. 귀를 빌려주는 사람만 만났다 하면 송여사는 지치지도 않고 그 시절 경험을 늘어놓았는데, 그 서러운 세월 덕에 대추나무 연 걸리듯 주절주절 몸에 병만 달게 됐다는 푸념으로 마무리하곤 했다.

겨울이면 송여사의 기침소리에 온 가족이 깨어났고 시도 때

판피프 판피프

도 없이 아프다는 편두통하며 신경통, 관절염, 말년엔 위염까지, 이름조차 모를 잔병들이 송여사에게 붙어살았다. 그런데 송여사의 그 모든 병에 사용되는 처방은 한결같았다. 판피린, 송여사의 잔병들에는 신기하게도 판피린이 언제나 특효약이었다. 머리가 아파도, 배가 아파도, 기침 감기에도, 팔다리 관절염에도, 위염에도 송여사는 언제나 판피린을 먹었다. 기분이 우울해도 판피린을 먹고 심지어는 며느리나 아들에게 서운한 마음만 들어도 판피린을 먹더니 급기야는 날마다 한두 병을 먹고 살았다. 송여사에게 판피린은 치료제이자 영양제이자 강장제였다.

그래서 소정에게는 판피린을 준비하는 일이 이불빨래만큼이나 중요한 일과 중의 하나가 되어버렸다. 판피린이 없으면 주사시간을 넘긴 마약 중독자처럼 송여사는 온갖 성깔을 드러내며 판피프를 찾았기 때문이다. 처음 그 약이 나온 60년대엔 판피린-S인가 하는 상품명이 판피린-F가 되고, 다시 판피린-Q로 바뀌었는데도 어찌된 일인지 송여사는 판피린-F만 기억하고 송여사 발음으로는 판피프라 불렀다.

10년 전, 그날은 송여사의 동서 도란여사가 와서 1주일을 묵다 떠나는 날이었다.

송여사가 젊어서 혼자되자 남편보다 세 살 아래였던 시동생이 큰 힘이 되었었다. 생활비는 물론 조카의 교육비까지 거의 모든 생활을 돌보아주었다. 어려서부터 철물공장에 다닌 시동생은 딱히 배운 건 없어도 착실했다. 건장한 체격에 성실한 그는 누구에게나 쉽게 신뢰를 얻어낼 만큼 건실해서 30대에 배운 기술을 가지고 서울로 올라와 작은 철물공장을 차렸다. 워낙 근면한데다 운까지 따라줘 공장은 나날이 번창했다. 말년에는 수십 억의 년 매출을 올리는 공작기계 제작업체로 키워 꽤 성공한 중소기업인으로 인정을 받았었다. 그가 많은 재산을 아들들과 아내 도란에게 남기고 세상을 떠난 후에는 홀로 된 도란여사가 해마다 송여사를 찾아와 며칠씩 묵어가곤 했다.

도란여사는 소정에게는 별로 반갑지 않은 손님이었다. 한번 오면 10여 일씩 묵어서 손님치레도 힘들었지만, 예전의 행위를 생각하면 정이 가지 않았다. 작은아버지가 살았을 때는 명절날에나 겨우 오던 작은어머니였다. 음식상 차려놓으면 나타나서 배불리 먹고 숟가락 놓기 바쁘게 떠나던 사람이 이제 외로워지니 자주 와서 지내는 것이 괘씸했다. 더구나 남아도는 재산 덕에 성형외과와 피부과를 일로 삼고 드나드는 도란여사의 얼굴은 좀 과장하면 소정보다도 젊어 보였다. 올 때마다 바뀌는 명품가방이 몇 개인지도 모르겠는데 시어머니에게는 간

판피프 판피프

간히 용돈을 집어주는 듯도 하지만 소정을 위해서는 유행 지난 핸드백 하나도 두고 가지 않았다. 말은 또 어찌나 많은지, 보톡스 때문에 표정이 만들어지지도 않는 눈으로 눈웃음 쳐가며, 얄팍한 말로만 치장하려는 태도가 마음에 들지 않았다.

전에 작은집에서 시어머니와 남편을 도왔다지만 그것은 어디까지나 소정이 시집오기 전이므로 소정으로서는 부자 작은집 덕 본 일도 없고 명절 때마다 음식 해 대느라 힘든 기억뿐이었다. 소정이 보기에 작은아버지가 살아 있을 때는 송여사와 도란여사가 그렇게 친하게 지낸 것 같지도 않았다. 최신 유행패션으로 휘감고 와서 송여사가 손수 차려주는 밥상을 부부가 함께 받고는 입에 걸친 몇 가지 칭찬으로 사례를 하고 일어서는 작은어머니였다. 그러나 송여사는 먹고 난 음식상을 점검하여 다음 명절에는 그들이 잘 먹는 음식으로 더 정성 들여 준비하곤 했다. 그들이 물리고간 상을 혼자 치워가며 소정은 손위 동서 노릇을 하지 못하는 시어머니가 야속했지만, 가난한 집 며느리의 설움이 이런 것이려니 치부하며 참아냈다.

그해, 한 주간을 와서 보낸 도란여사가 강남에 새로 생긴 쇼핑몰에 가서 구경도 하고 함께 점심이나 하고 헤어지자고 하여 송여사도 외출을 준비하고 있을 때였다. 송여사는 평소 외출할 때마다 하던 대로 판피프부터 챙겨 마셨다.

"나도 판피프 한 병 줘요 형님. 요새 다리가 아파 계단 오르기가 힘들어서."

도란여사도 청했다.

"작은어머니는 아직 팽팽하시잖아요?"

소정이 농담처럼 미소를 섞어 말했다.

"얼굴이야 보톡스 덕이지만, 나이야 어디 가니?"

도란여사는 당시 아가씨들처럼 마스카라를 짙게 바른 고양이 눈을 찡긋해 보였다. 꿀꺽꿀꺽 소리를 내서 판피린을 넘긴 도란여사는 빈 병을 소정에게 건네고 이불홑청을 쓰다듬으며 말했다.

"형님 손끝 얌전한 것은 알아줘야 한다니까요. 전에 그이도 나더러 형님처럼 음식 좀 해보라고 늘 그랬죠. 공장 처음 차렸을 때 형님댁에 한 일 년 살았잖아요? 난 애들 때문에 청주에 있고……."

"서방님이 내가 한 음식이 맛있데?"

갑자기 송여사의 억양에 생기가 돋았다.

"그럼요. 젊은 시절에는 별말 없더니 돌아가시기 몇 년 전부터 형님 얘길 부쩍 하더라고요. 글쎄 마지막에 병원에서는 형님 잘 찾아뵈라고 얼마나 내게 부탁을 하던지. 나한테는 평생 정 없이 대하더니 형님이 수절하고 사는 것에는 마음이 아팠

판피프 판피프

159

나 봐요."

송여사는 대답이 없었다. 한참 후에야 "그랬구먼." 말끝을 흐렸다.

"그나저나 어쩌면 이렇게 이부자리가 고운지, 이 집 이불은 언제나 새색시 이불 같아요."

도란여사의 쾌활한 목소리는 언제나 고음이다. 송여사의 표정도 다시 밝아졌다.

"우리 집 이부자리는 다 내가 직접 꾸며 놓지. 난 내 집 이부자리가 깨끗하지 않으면 잠이 안 와. 어디서 집 안 이부자리에 먼지가 뿌옇게 앉게 만드는지……여자 얌전한 것 보려면 그 집 이불홑청 보면 아는 법, 요즘 젊은 것들은 아무리 말을 해도 알아듣질 못하지만……다 어려서 가정교육이……"

송여사가 말 뒷자리를 얼버무렸다. 곁눈질로 소정의 눈치를 본 도란여사가 얼른 말했다.

"아이 요즘 젊은 사람들이 다 그렇지……우리 집 며느리들은 더해……. 단 하나도 눈에 들게 하는 게 없지."

두 노인의 두런거림을 뒤로하고 소정은 조용히 문을 닫고 나왔다.

빨래며, 풀이며, 밟기며, 방망이질에, 다림질까지 소정이 한 일은 어디 가고, 오직 시침질만 해놓은 송여사가 그 번거로운 일을 혼자 하여 반듯한 이불을 꾸며 놓았듯이 말하는 품세도 기가 막혔지만, 소정을 돕는답시고 거두는 도란여사의 하이 옥타브 목소리는 더 듣기 싫었다.

송여사는 도란여사가 덮었던 이불과 자신의 이불홑청을 뜯어 욕조에 던져놓고, 오랜만에 내보이는 기분 좋은 웃음기를 단 채 도란여사가 운전하는 에쿠스 승용차에 올랐다. 혼자 남은 소정은 여느 때와 마찬가지로 반바지로 갈아입고 이불홑청을 빨 생각으로 세제를 풀었다. 그런데 마음속에서 시어머니의 말들이 부글거렸다.

"우리 집 이부자리는 다 내가 직접 꾸며 놓지. 어디서 집 안 이부자리에 먼지가 뿌옇게 앉게 만드는지……요즘 젊은 것들은 아무리 말을 해도 알아듣질 못하지만…… 다 가정교육 때문……." 처음에는 시어머니의 목소리 그대로 잔잔히 울리더니 이어서 확성기라도 단 듯 증폭되어 울려왔다. "우리 집 이부자리는 다 내가 직접……꾸며……여자 얌전한 것 보려면……이불홑청……가정교육……." 한번 그 확성기에 귀를 기울이자 소리는 귀에 착 달라붙어 계속 외쳐댔다.

'자기가 직접 다해? 뭐가 어째 가정교육 때문이라고?' 가슴에서 시작된 분이 머리끝까지 밀려왔다. 손이 부르르 떨렸다. '1주일을 시중들고 바리바리 해 먹였더니, 못된 노인네들…….'

판피프 판피프

거드름을 피우며 솜씨를 자랑해대는 시어머니와 소정을 위하는 척 하면서 거들어대는 도란여사의 너부죽한 얼굴이 떠올랐다. 자기에게는 까탈을 부리면서 부자 동서에게는 꼼짝 못하는 시어머니가 야속했다.

'그러니 마신 판피프 빈 병까지 내게 내밀지. 손이 없어 발이 없어? 내가 이 집 하녀야 뭐야?'

소정은 시어머니 방으로 내달렸다. 송여사 방에는 홑청을 뜯어낸 이불들이 나란히 규격 맞춰 구석에 정리되어 있었다. 달려들어 힘껏 이불들을 발로 걷어차버렸다. 무거운 솜이불이라 걷어차 보았자 속 시원하게 널브러지지도 않았다.

문갑 위에 가지런히 줄 세워진 판피린 병들이 눈에 들어왔다. 손에 집히는 대로 양손으로 판피린을 움켜쥐고 욕실로 내달렸다. 욕조 몇 발짝 앞에서 손에 든 판피린 병들을 욕조 벽을 향해 힘껏 던졌다. 뻐버퍽 소리를 내며 깨진 병 조각과 금색 뚜껑을 매단 병목이 비누 물속 이불 위로 떨어졌다. 약물이 튀며 연회색 타일을 타고 흘러내렸다. 손에 든 병들을 다 던지고 나니 막힌 숨구멍이 열리듯이 가슴이 좀 후련했다. 시어머니 문갑 뒤쪽에 예비용으로 둔 판피린 상자가 생각났다. 송여사는 비상용이라며 손도 대지 못하게 했었다. 시어머니 방으로 가서 문갑 위 뒤쪽 멀찍이 있는 판피린 상자를 두 손으로 들고 다시 욕실로 달렸다.

왼쪽 가슴에 상자를 끼고 상자 뚜껑을 찢어 열려고 손가락을 깊숙이 넣었다. 예상과는 다르게 쉽게 열렸다. 많이 여닫은 듯이 모서리가 너덜거렸다. 오른손으로 잡히는 대로 판피린 병을 꺼내 벽에 던졌다. 병에 쓸려 부드러운 헝겊이 손에 잡혔지만 개의치 않고 그대로 팽개쳤다. 깨어진 갈색 유리와 함께 욕조로 떨어지는 누르께한 손수건이 눈에 들어왔다. 소정은 비눗물 속에서 손수건을 집어 들었다. 반쯤은 물에 젖고 비누 거품이 묻었으나 뒤집어 보니 마른 부위는 잘 다려진 손수건이었다. 누렇게 변한 얇고 성근 천에 하늘색 체크무늬가 조잡하게 염색된 구식 손수건이었다. 손가락에 뭔가 딱딱한 것이 느껴졌다. 소정은 안에 든 것이 무엇인지 보려고 급히 손을 놀렸다.

누렇게 빛바랜 시아버지 명함판 사진이었다. '노인이 남편을 못 잊고 있었구나. 하긴 홀로 40년을 살았으니……' 사진을 꺼내 세면대 위 선반에 얹던 소정이 흠칫하며 다시 팔을 접어 눈 밑까지 올렸다. 시아버지라기에는 뭔가 걸리는 게 있었다. 소정은 사진으로 남은 시아버지를 몇 번 본 적이 있는데 안경 쓴 시아버지 사진은 본 적이 없기 때문이다. 소정은 전등 밑에 사진을 올려 자세히 들여다보았다.

판피프 판피프

163

"작은아버지."

시아버지가 아닌 몇 년 전 돌아가신 작은아버지의 젊은 시절 사진이었다. 소정의 가슴이 서늘해졌다. 머릿속에서는 여러 이야기 조각들이 퍼즐처럼 맞춰져 갔다. 처음 철물공장을 시작할 때 작은아버지는 혼자 올라와 한 1년 시어머니와 함께 살았다고 했었다. 홀로된 형수와 어린 조카가 있는 집에서 형수가 해주는 밥을 먹고 형수가 단속해주는 의복을 입었을 것이다. 홀로된 젊은 형수가 얌전한 솜씨로 꾸며준 풀 먹인 무명 홑청의 살 비린내 나도록 깔끔한 이부자리. 아침마다 잘 다려진 따끈한 손수건.

소정은 가만히 눈을 감았다. 그래서 작은아버지가 오는 명절은 시어머니가 음식에 그리도 신경을 썼구나. 송여사가 손수 장만한 음식으로 직접 차린 밥상은 음식 맛도 맛이지만 보기에도 깔끔했다. 나물 접시 하나 전병 접시 하나하나가 정갈했던 상차림, 정성들여 이불도 꾸며 놓고 기다렸는데……. 대부분 작은아버지는 명절날 점심까지만 먹고 떠났었다. 눈이 많이 온 어느 설날에는 하루 자고 간 적이 있었지. 그날은 잘 꾸며진 이부자리를 펴 줄 수 있었지. 작은어머니와 함께 자도록 자기 방을 내주고 송여사는 베개를 가지고 지은이 방으로 갔었다. 소정의 가슴에 시릿한 바람이 지긋이 불어왔다.

남편은 아버지를 어렴풋이 기억한다고 했다. 아버지가 누워서 양팔을 붙들고 아기였던 자신의 배를 무릎으로 굴려주면 까르르까르르 웃어대던 때가 기억난다고 했다. 아버지 무동을 타고 바라보던 바다도 생각난다고 했다. 옆에 노란색 저고리의 어머니가 있었다고도 했다. "아버님 돌아가실 때 당신은 겨우 두 살이었잖아?" 소정의 말에 남편은 "내가 너무 일찍 아버지를 여의어 내 뇌가 잊어버리지 않으려고 기를 썼나?" 했었다.

'남편이 기억하는 아버지는 과연 그의 아버지였을까?'

이후 소정의 마음에 송여사를 위한 온기 어린 방 한 칸이 마련되었다. 그 방에 외롭고 고독한 송여사를 앉혀 놓으면 자신도 모르게 아릿해오는 가슴을 어루만져야 했다. 판피프는 송여사에게 경련하며 부풀어 오르는 욕망을 잠재우는 진정제일 수 있었다. 남편에게 따뜻한 손수건을 건네주는 시어머니를 볼 때도 가슴에 물이끼가 끼지 않았다. 송여사와 살아가는 길에 힘겨루기를 할 일이 줄어들었다.

사실 송여사도 항상 별난 시어머니는 아니었다. 때로 소정이 힘들 때 좋은 동료였고 보호자이기도 했다. 아파트를 마련할 때 송여사가 모아놓은 오천만 원이 큰 도움이 되었었고, 손

판피프 판피프

녀 지은이에게는 날마다 하굣길에 마중나가는 할머니였다. 소정이 자궁근종수술로 입원했을 때는 맛깔스런 잣죽이며 전복죽을 끓여다 먹이며 병실을 지켜준 사람도 시어머니였다. 소정과 송여사는 그럭저럭 25년을 한집에서 살았다.

11월 하순 토요일 밤이었다.

며칠 가벼운 감기증세로 일찍 잠자리에 들었던 송여사가 밤 10시쯤 소정을 불렀다.

"물 갖다 드려요?" 방문을 열고 서서 소정이 묻자 "이리 들어와 봐라." 잠자리에 누운 시어머니가 소정에게 손짓했다. 소정은 다가가 시어머니 요 옆에 앉았다.

"오늘밤만 이 방에서 함께 자주면 안 되겠니?"

"아직도 감기기운 있으세요? 판피프 드시지 않았어요?"

"오늘은 판피프를 먹어도 힘이 없네. 저기 구석에 서 있는 것 말이다. 저게 오늘 오후부터 가지 않고 그 자리에 있구나."

송여사의 여윈 손이 가리키는 구석을 바라보았다. 옷가지 몇 개가 걸린 옷걸이가 서 있었다. 소정은 연로한 시어머니가 며칠 감기몸살로 기운이 없어서 옷걸이가 무슨 형체로 보이나보다 생각했다. 어린 시절에 일찍 잠이 깬 새벽에 눈을 뜨면 방에 걸린 옷가지들이 갖가지 이상한 흉물로 보이고 때론 그것들이 움직이기도 했던 기억을 갖고 있기 때문이다.

"그래요. 어머니, 오늘은 제가 같이 자 드릴게요." 흔쾌히 대답한 소정이 손님용 이불을 장롱에서 꺼내 시어머니 요 옆에 깔았다. 새로 잘 꾸며진 이불홑청에서 목욕시킨 아기 지은이에게서 나던 기분 좋은 향내가 났다. 소정이 옆에 눕자 송여사는 손을 뻗어 살며시 소정의 손을 잡았다. 노인의 손은 차갑고 건조하여 마른 낙엽처럼 쉬 부서질 것 같았다. 애잔함으로 소정의 가슴이 쏴 해졌다. 소정은 송여사의 손을 다른 손으로 덮어 쥐어 따뜻하게 감쌌다. "고맙다." 송여사는 들릴 듯 말 듯 혼잣말하듯이 말했다.

잠시 후 희미하지만 고른 노인의 숨소리를 들으며 소정도 꿈으로 들어갔다. 그날 밤 그렇게 소정의 손을 잡고 잠이 든 송여사는 다시는 깨어나지 않았다.

"난 엄마가 자랑스러워, 요즘 세상에 어느 며느리가 엄마처럼 시어머니와 그렇게 사이좋게 지낼 수 있겠어?" 지은이가 자주 하는 말이었다. "할머니가 엄마 손잡고 주무시다 임종했다고 하면, 내 친구들은 그야말로 감동이야." 지은이의 말을 들었을 때 '그래, 난 괜찮은 며느리였지.' 하는 자부심이 소정의 마음에 들어와 자리잡은 것도 사실이었다. 그런데 지은이가 신랑감으로 데려온 사윗감의 조건을 알고는 억장이 무너졌다. 소정 자신이야 어떻게 견뎌내고, 때로 힘들 때도 있고 좋

판피프 판피프

을 때도 없지 않았지만 딸 지은이가 자기처럼 살게 된다는 것은 도저히 참기 어려운 일이었다.

"난 상견례 안 갈거니 그리 알아라."

"이제까지 전 엄마가 공부하라면 공부하고, 엄마가 교사하래서 교사되고, 엄마가 하지 말라면 안 하고 엄마가 하라면 하면서 살았어요. 결혼은 제 뜻대로 동현오빠와 하고 싶어요, 그러니 엄마가 이번에는 제 생각에 따라주세요. 부탁이에요."

지은이는 눈물을 글썽거리며 통사정 했었다.

지은이의 울음 섞인 목소리가 가슴에서 되살아나 울려왔다.

고생이 뻔한 결혼을 시킬 수도 없고 그렇다고 딸이 그리도 좋아하는 남자와 헤어지게 만든다는 것도 어렵고, 소정도 어떻게 해야 좋을지 모르겠다. 눈물 글썽이는 지은이의 눈이 떠오르며 선지처럼 뭉쳐진 진한 감정이 가슴을 꽉 메웠다. 욕조 비눗물 빨랫감 위에 철퍼덕 다리를 뻗고 주저앉았다. 열이 더올라가는지 떨려오는 몸을 이제 가누기가 어렵다. 열 때문인지 눈앞이 부예져 앞이 잘 보이지 않았다. 눈을 손으로 문지르며 욕실 문 쪽으로 눈을 돌렸을 때였다.

거기에 있었다. 무엇인가가 서 있었다. 검은 연기같기도 하고 그림자같기도 한, 또렷하지 않으나 무언가 서 있는 게 보였다. 더구나 그것은 소정을 보고 있었다. 얼굴이 어딘지 눈이 어딘지 구별되지 않지만 그것이 소정을 바라보고 있다는 것만은 분명했다. 시어머니가 돌아가시기 전날 밤 보인다던 그 무엇인지도 모른다.

소정은 심장이 멎은 듯 답답하고 숨이 막혀왔다. 턱이 떨려 이끼리 부딪히며 따닥따닥 소리를 냈다. '우선 이곳에서 빠져나가야 한다. 벗어나야 한다.' 밖으로 내달리려고 벌떡 일어나 욕조 밖으로 발을 내디뎠다. 비눗물 속에서 나온 소정의 발이 넘쳐진 물과 세제 뒤범벅이 된 바닥에 쭉 미끄러졌다. 소정은 그대로 고꾸라지며 욕실바닥에 넘어졌다. 금간 오른쪽 갈비뼈가 부딪쳤는지 가슴에 극심한 통증이 몰려와 정신이 아득했다. 온 힘을 다해 앞으로 기어나가려 발버둥쳤다. 성한 왼팔로 앞으로 나가려 해도 뭐가 팔을 잡고 있는지 기어지지 않았다. '빠져나가야 하는데…… 어서 어서……' 마음은 다급한데 몸은 움직이지 않았다. 눈앞이 칠흑처럼 어두워졌다. 점점 고요 속으로 빨려들어갔다.

소정은 멀리 구릉진 들판을 바라보았다.

구릉지에 만발한 흰 꽃무더기 위를 스쳐온 산들바람이 소정의 얼굴을 매만졌다. 소정은 깊숙이 숨을 들이쉬었다. 꽃향기

판피프 판피프

같기도 하고 아기 숨결같기도 하고, 살냄새같기도 한, 익숙하고 기분 좋은 비릿한 향기…… 풀 먹인 이불홑청.

몇 발짝 건너 꽃 무더기에 누워 있는 여인이 보였다. 소정은 가볍게 날아가 나리꽃대를 헤쳤다. 풀밭에 누운 파리한 여인은 소정이었다. 죽어가는 자신을 내려다보며 졸음처럼 밀려오는 나른함에 빠져가고 있을 때 뭔가가 사정없이 가슴을 때렸다. 풀숲에 누워 있는 소정이 맞은 것인지 그 위에 떠 있는 소정이 맞은 것인지 모르겠다. "이것아 정신 차려!" 귀에 익은 목소리, 기억의 어딘가에 남아 있는 목소리. "이것아 빨리 일어나!" 다급하고 성난 목소리와 함께 둔탁한 물체가 소정의 금간 오른쪽 갈비뼈에 다시 세차게 부딪쳐왔다. 극심한 통증에 소정은 눈을 번쩍 떴다.

"어, 어머니!"

소정은 입이 바짝 말라 말을 잇기가 어려웠다.

"어머니, 나, 나, 판. 피. 프."

송여사가 소정을 일으켜 자신의 가슴에 기대어 눕혔다. 작은 병을 기우려 소정의 입에 대고 한 모금 한 모금씩 넘기길 기다려가며 천천히 먹였다.

송여사의 흰 옷자락이 꽃무더기 위로 불어오는 바람에 묻혀 소정의 뒤쪽으로 날아갔다. 소정은 되돌아서 하늘거리는 옷자

락이 날려간 구릉지 끝 은빛 햇살을 한참동안 아득하게 바라
보았다.

"괜찮아? 그냥 갈까 하다가, 열이 내린 것 같아서 깨웠지,
오늘 지은이 상견례 날이잖아?"

눈을 뜨자, 남편이 근심스런 얼굴로 내려다보며 물었다. 남
편은 흰 와이셔츠에 그가 아끼는 감색 양복바지를 입었는데,
살이 더 붙었는지 툭 튀어나온 배 위에서 단추가 겨우 걸려 있
다. '흰 와이셔츠를 새로 하나 사둘 걸⋯⋯' 소정의 마음에 후
회가 밀려왔다. 남편은 장롱으로 다가가 문에 달린 거울 앞에
서서 넥타이를 매가며 말했다.

"어젯밤에 와보니 당신이 욕실 문 앞에 쓰러져 있더군. 온
몸이 젖고, 비눗물하며 난장판에. 무슨 이불빨래를 한다고. 열
은 불덩이지⋯⋯. 한밤중에 당신이 판피프 판피프 중얼거려
어머니 방에 있던 걸 하나 가져다 먹였지⋯⋯."

"판피프를? 당신이?"

"그래, 일으켜 안고."

"그랬군요."

소정이 낮게 읊조렸다.

"그럼 나 혼자 다녀올게. 지은이가 섭섭하겠지만 상황이 이

판피프 판피프

171

리니 이헤하겠지 뭐."

양복윗도리를 든 남편이 다시 소정에게 다가와 말하고 방문을 향하여 되돌아섰다.

"잠깐— 요. 나도 갈게요, 그쪽이 홀어머니라는데 남자인 당신만 가면 그렇잖아?"

소정은 앓는 소리를 내며 침대에 손을 짚고 내려왔다. 오른쪽 어깨가 저리지만 견딜만하다. 욕실로 들어갔다. 이불빨래는 보이지 않고 욕실이 깨끗이 치워져 있다. 이를 닦으려고 칫솔에 치약을 짜던 소정이 딸의 목소리에 손을 멈추고 귀를 기울였다

"동현오빠, 30분만 기다려 줄 수 있지? 우리 엄마가 나가신대……."

전화하는 지은의 목소리가 공중에서 춤을 추듯 둥둥 떠 있다.

소정은 한 발짝 세면대로 다가섰다. '그래, 어렵고 힘든 시절이 다 나쁜 것만은 아니지, 참아야 할 일이 좀 많다는 것 뿐. 저 좋아하는 사람과 한 이불 덮으려면 내 딸도 몇 가지는 참아가야 하겠지.' 소정의 이 닦는 손길이 빨라졌다. ✮

섬집 여자

봄이면 섬집 여자는 광목을 떠다 쪽물을 들였다. 짙은 잉크색 물이 뚝뚝 떨어지는 광목이 섬집 마당에 가득 널리는 며칠이 지나면, 옷 짓는 재봉틀 소리가 요란하게 들려왔다. 지금이야 천연염료 염색을 고급으로 여기지만 당시는 새로 나온 합섬섬유에 열광하던 시대였다. 그러므로 마을에서 섬집 말고는 누구도 쪽물 같은 것을 들일 생각도 안했고 옷을 직접 만들어 입지도 않았다.

섬집 여자

　안개가 자욱했다. 시야는 몇 걸음 앞도 나아가지 못했다. 풀밭 사이로 난 오솔길이었다. 양옆에서 삐져나온 무성한 풀들이 맨다리에 부딪혀왔다. 이슬이 종아리를 타고 흐르고 운동화는 이미 축축했다. 왼쪽 수풀 속에 푸른색이 언뜻 눈에 띄었다. 희뿌연 안개 속에 푸르뎅뎅한 색, 빛바랜 남색 치마가 점점 또렷해졌다. 이슬에 젖어 군청색이 된 치맛단, 흙으로 뒤범벅된 치마 밑으로 누런 털에 덮인 꼬리도 보였다. 빛바랜 남색 무명치마를 걸친 누런 개가 풀밭을 파헤치고 있었다. 빠른 발길질 옆으로 황토가 튀었다.

　개가 쉬지 않고 파고 있는 둔덕. 무덤이다. 섬뜩함이 순식간에 전류처럼 온몸에 퍼졌다.

어디서 본 풍경인데…….

갑자기 발질을 멈춘 개가 고개를 천천히 옆으로 돌렸다. 클로즈업 된 개의 낯이 서서히 바뀌어갔다. 눈과 코가 도드라지고, 구릿빛의 어두운 얼굴, 볕에 그을린 늙은 여자, 섬집 여자였다.

또 그 꿈을 꾸었다. 언제나 똑같지는 않지만 비슷비슷한 내용, 빛바랜 남색치마를 자주 입던 섬집 여자에 관한 꿈이다. 벽에 걸린 시계를 보니 새벽 두 시다. 거실 불이 켜진 것으로 보아 아직도 큰아이는 독서실에서 오지 않았나보다. 아들이 들어왔으면 적어도 거실 불은 껐을 것이다. 불면증에 시달리는 내가 모처럼 쪽잠이라도 들었다고 여기고 소파에 엎드려 자는 나를 깨우지 않았을지라도.

지난 몇 년간 섬집 여자의 꿈을 꾸지 않아 이제 그녀에게서 놓임을 받은 줄 알았었다. 은욱일지도 모르는 남자, 전철에서 만났던 그 남자가 내 꿈속으로 다시 섬집 여자를 데려와버린 게 틀림없다.

엄마는 그녀를 섬집 여자라고 불렀다.

물론 직접 대면하여 얘기할 때야 "섬집 아줌마"나 "금옥이 엄마"라 했지만, 동네 아주머니들끼리 말할 때나 아버지와 대화할 때는 언제나 섬집 여자였다.

내가 예닐곱 살 때, 옆집에 "완도 앞 노해도"라는 섬에서 이사 온 가족이 있었다. 그 집 여주인인 섬집 여자가 노해도라고 말하던 섬이 노화도라는 것을 알게 된 것은 내가 중학생이 된 뒤였다.

섬집에는 나보다 두 살 위인 금옥이란 막내딸이 있었고, 한 살 터울로 은욱이란 이름의 금옥이 오빠가 있었으며, 그 한참 위로 포동포동한 볼살이 뽀얀 금례라는 처녀 딸이 있었다. 그리고 유난히 팔목이 굵어 일 무서운 줄 모르게 보이는 시골 아낙이 간간히 오곤 했는데, 그녀는 그 집의 맏딸이라고 했다. 섬집 여자는 2,3년에 한 번쯤 맏딸이 살고 있다는 고향 노화도에 가서 며칠씩 묵고 왔다. 그것이 그녀가 일을 쉬는 유일한 기회였고 여행이었다.

아들 은욱은 나의 오빠와 친구였고, 막내딸 금옥은 나보다 나이가 위여서 학교를 먼저 입학했으나 낙지국 먹었다고 당시 일컬어지던 유급을 두 해를 당해 4, 5학년을 나와 함께 다녔다. 어린 시절부터 같이 놀았고 학교에서도 같은 반에서 지내서인지, 아니면 누런 코를 질질 흘리고 다니던 모습 때문이었는지 모르지만, 내가 금옥이를 언니라고 부른 적은 한 번도 없었던 것 같다. 우리는 항상 서로 이름을 부르며 친구로 지냈다. 지금 생각하면 금례언니는 우리 큰언니와 비슷한 또래의 나이였는데도 장성해서 만나서였는지 둘은 크게 친하지 않았다. 자식들과 마찬가지로, 섬집 여자와 우리 엄마는 비슷한 또래였다.

연구교수만 16년째인 올해는 뭔가 눈에 띄는 논문이 발표되었어야 했다. 기다리다 지쳐 이제는 정식 교수 발령은 크게 기대하지 않지만 그래도 기댈 언덕은 그것뿐이니 노력을 하는 데까지는 해야만 한다. 요즘 이 나라에서는 독어와 독문학은 박물관에 보존된 고문헌의 언어처럼 취급받는다. 지원학생도 없어져 몇몇 대학에서는 아예 폐과를 시켜가니 내가 근무하는 대학 이사회라고 해서 발전성 없는 구석에 돈을 쓰고 싶지는 않을 것이다. 그래서 전임으로 채용을 안 해 주는 것은 당연할지 모른다. 그러나 아직 독문과 신입생을 모집 중인 우리 대학에서는 가르칠 사람은 있어야 하므로 연구교수라는 이름으로 나를 사용하고 있을 것이다. 더구나 지난해에는 정교수였던 노교수가 정년퇴임하여 문학 전임 자리는 비어 있는 상태다. 이는 내가 아직도 정식 교수 임명에 희망을 버리지 못하는 이유이기도 하다.

"메밀묵을 큰 대야로 푸짐하게 쒔습디다, 맛나게 잘도 무쳤드만⋯⋯. 섬에서 잘 살았나 봅디다. 그 집도 허구대가 커서 값이 꽤 나가잖소⋯⋯."

"섬집 황씨가 논을 사겠다고 알아봐 달라고 하던데⋯⋯. 한꺼번에 열댓 마지기를 사겠다니 돈이 좀 있나 보데."

이사들턱에 다녀온 엄마와 아버지의 대화를 회상해보면 섬집은 꽤 튼실한 살림살이였던 것 같다. 그해 겨울, 섬집 아저씨를 모시고 논을 둘러본 후 계약을 끝내고 돌아온 아버지는, 잠자리에 누워 있는 우리를 의식하듯이 소리 낮춰 엄마에게 말하기도 했다.

"그런디, 계약을 아주머니 명의로 하드만. 이상해서 물어봤더니 아주머니와 재혼했다는구먼⋯⋯ 전쟁 때 인민군으로 내려와 거제도 포로수용소에 있다 나왔다데. 이북에 처자식도 있다는디, 어찌어찌 돌아다니다 노화도까지 가게 되어 거기서 과수댁 만나 살게 됐다고 하데⋯⋯."

"어쩐지— 아저씨와는 어울리진 않드만⋯⋯ 그 무덤덤해 보이는 여자하고 샌님 같은 남자가 부부라니 좀 이상했잖소? 큰 딸들과 나이차가 너무 많이 나는 조무래기들을 봐도 그렇고⋯⋯."

어린 내가 보기에도 땅딸막한 키에 얼굴이 새까만 아주머니

섬집 여자

179

와, 남자치고는 유난히 피부가 희어 깔끔해 보이는 아저씨는 어울려 보이지 않았었다. 외모부터 동네 농부들과 판이하게 다른 섬집 남자는 여간해서 집 밖에 모습을 나타내지 않았다. 그러나 섬집 여자는 꼭두새벽에 일어나 집 앞뒤로 있는 텃밭을 일군 다음 아침을 준비하고, 바로 들로 나가 땅거미가 질 때까지 일을 하고 들어와 저녁을 지어 식구들을 건사했다. 달 있는 밤이면 다시 들로 나가 달빛 아래서 논의 피를 뽑았다. 그러므로 튀어 오른 피 이삭 하나 없는 섬집 논은 가을이면 그 넓은 들판에서도 유난히 정갈한 황금빛이었다.

우리 마을은 읍내에서 떨어져 나주평야 가운데에 있는 농촌이었다. 섬집이 이사 온 지 2-3년 후였던가? 들판에 농지정리가 시작되어 마을이 온통 번잡스런 때였다. 금례언니가 연애를 한다는 소문이 마을에 파다했다. 워낙 작은 마을인데다, 그때만 해도 자유연애는 남부끄러운 일로 여겨지던 시대였다. 섬집 처녀가 짚가리 뒤에서 남자를 만난다는 것은 온 마을에 흥미진진한 뉴스거리가 되었다. 그 소문은 어린애들 사이에서도 쉬쉬하며 건너다녔다.

금례가 남자를 집으로 끌어들여 잤다는 말이 돌고 난 후, 농지정리사업에서 측량기사로 일하던 경태라는 총각과 섬집 처녀는 섬집 행랑채에 살림을 차렸다.

"쳇, 섬구석에서 살아와서 무식하기가 끝이 없지. 무슨 집안이 외간 남자를 끌어들인 처녀 딸이 살림 살도록 아예 방까지 내주는지……."

"쉿, 조용, 애들 듣겠네."

"들으라고 한 얘기요. 내가 저 집 찾아가 이 무슨 상것들 행위냐고 나무랄 순 없잖소? 이 동네 강아지도 아는 사실을 아이들이라고 모를 리 없고, 내가 이렇게라도 해야 우리 애들이라도 그게 잘못인 줄 알 거 아니요?"

혀까지 차가며 불만을 늘어놓는 엄마에게 아버지가 주의를 주자, 엄마는 기를 세워 대꾸했다. 사실 맞는 말이었다. 금례가 남자와 거하는 방, 봉창 밑에서 엿들어 알게 됐다는 갖가지 일화들이 이미 아이들 사이에서 꽤나 돌아다녔으니까. 그중한 가지, "아줌마— 나도—요—색시가 있다—요—." 라고 금례의 애인 경태가 불렀다는 노래가 아이들 사이에서 유행할 정도였다.

경지정리가 끝나자, 금례는 경태 씨의 고향이라는 순천으로 따라갔다.

3년 전 이혼 후, 일이 손에 잡히지 않은 나로서는 공부가 더 어려워진다. 다음 달이 크리스마스니 올해도 시선을 모을 수

섬집 여자

있는 논문 생산은 어려울 것이 뻔하다. 새로 들어선 대학 이사진은 더 깐깐해졌다는 소문이 파다했다. 2년마다 새로 갱신하는 계약이 내년인데…… 재수 학원에 다니는 큰애는 올해는 꼭 대학에 합격해야 하는데. 없는 아버지야 어쩔 수 없지만 애들은 주름 없이 잘 키우려 했는데…….

작년에 입주한 아파트 대출부금이 더해지면서 부족해진 아이들의 교육비를 충당하기 위해 야간학원 강의를 부업으로 시작한 지 몇 개월 되었다. 마지막 강의를 끝내고 피곤에 절어 전철에 앉았지만 갖가지 잡념으로 머리가 복잡했다. 멍하니 앞을 바라보다 반대편에 앉아 있는 남자와 눈이 마주쳤다. 남자는 내 눈에서 무언가를 찾으려는 듯 꿰뚫듯이 잠시 바라보다 눈을 돌렸다. 어쩐지 그가 계속 나를 주시하고 있었던 것 같았다.

50은 넘어 보이는데 나이를 정확하게 가늠하기 어려웠다. 등산용 검은 바지에 얇은 패딩점퍼를 입은 남자는, 주위에 배낭도 없고 등산모자가 아닌 베레모를 쓴 걸로 보아 등산을 다녀오는 길은 아닌 것 같았다. 노동자는 아니더라도 성공한 사업가나 직장인처럼 보이지도 않았다. 아파트 상가에 자리잡은 자영업자정도라면 그런 모양새일까. 내가 그에게서 눈길을 돌리자 다시 나를 주시하는 그의 눈길이 느껴졌다.

서대문역에서 내리려는지 그가 일어서 전철 문 앞에 섰다, 남자로서는 꽤 흰 피부에 턱선이 명확했다. 어디서 본 듯하기도 했다. 고개를 돌려 나를 바라보는 남자의 눈이 내 가슴 쪽에 머물다 나와 눈이 마주치자 무슨 말을 하려는 듯 내 쪽으로 한 걸음 다가왔다. 그때 전철 문이 열리자 주춤한 남자는 눈웃음 비슷한 미묘한 눈빛을 내게 보낸 후 되돌아 나가버렸다. 남자가 가고 잠시 그 눈빛을 어디서 만났는지 기억해 내려했지만 올라오는 특별한 기억은 없었다.

금옥이는 어릴 적, 엄마 치맛자락을 붙잡고 징징거리고 다니느라 마을 아이들과 별반 어울리지 않았다. 추운 겨울, 들에 나가지 못하는 섬집 여자가 새끼를 꼬거나 콩 뉘 고르기 같은 집 안에서 할 수 있는 일로 바쁠 때, 금옥은 화롯가에 반쯤 누워 구워주는 밤이나 먹으며 어리광을 부리느라 엄마 곁을 떠나지 않았다. 그러나 섬집 여자가 논밭으로 밤낮 가리지 않고 바쁘게 나도는 농사철에는, 하릴없는 금옥이 심심한지 우리 집 대문 귀퉁이에 빠끔히 얼굴을 내밀고 내 눈치를 살피며 서 있곤 했다.

금옥은 집에서 응석받이로만 지내서인지 혀 짧은 소리로 말을 더듬고 계절에 관계없이 코를 훌쩍이고 다녔다. 머리는 섬집 여자가 바가지를 대고 대충 싹둑싹둑 잘라놓아 삐뚤어진 바가지를 그대로 뒤집어쓴 모양새였다. 그런 금옥을 상대해주는 마을 아이들은 많지 않았다. 마을에서 금옥을 주로 상대해주는 아이는 나였다. 내가 그랬던 것은 바로 옆집에 살기도 했지만 동네 사람들과 거의 교류가 없이 살아가는 금옥의 아버지나 엄마가 우리 부모님과는 그래도 간혹 왕래가 있어서, 다른 애들보다 섬집 사람들에게 더 익숙해져 있었기 때문이었을 것이다.

금옥의 오빠 은욱은 섬집의 다른 사람들과는 확연히 달랐다. 아버지를 닮았는지 또래보다 키가 훤칠했고 말을 더듬지도 않았다. 희고 곱상한 얼굴 때문인지 섬집 여자나 금옥에게서는 전혀 찾아볼 수 없는 귀티가 흘렀다. 금옥보다 겨우 한 살 위였으나 행동으로 보기엔 열 살쯤 위로 여겨질 만큼 또래보다도 의젓했다. 은욱과 친한 우리 오빠 말에 의하면 공부도 잘한다고 했다. 은욱은 또래 동네 사내애들처럼 거칠게 밖에서 뛰놀지 않았고, 학교를 오갈 때도 조용조용 말을 나눠가는 모습이 인상적이었다. 오빠는 은욱과도 꽤 친했지만 또래 사내애들을 찾아 자치기며 딱지치기 구슬치기에 바빴다. 그러나 은욱은 그런 것들을 마치 유치한 놀이로 치부하기라도 하듯이 빠져들지 않았다. 그런 은욱의 성품이 나에게는 쉬 근접하기 어려운 기품으로 여겨졌다.

눈 내리던 겨울날, 들판으로 가는 오빠를 따라 나서다 섬집 앞에서 은욱을 만났다.

"은욱아, 우리 지금 들판에 기러기 덫 놓으려고 가는데 같이 갈래?"

"아—니, 그 정도 덫에 기러기는 잡히지 않아."

오빠가 말을 걸자 은욱은 대충 대답하며 나를 말가니 쳐다보다가 엷은 미소를 띠며 내게 다가와 뭔가를 내밀었다. 목각 브로치였다. 초록색 모자를 쓴 여자 모형인데 얼굴은 온통 검정색이었다.

"야, 멋있다. 은욱이 네가 만들었어? 넌 확실히 예술가 소질이 있어." 브로치를 내 손에서 낚아채 요리조리 뜯어 본 오빠가 내게 돌려주며 말했다. 나는 브로치는 받아 손에 꼭 쥐었지만 부끄러워서 아무 말도 못한 채 오빠 뒤를 쫓았다. 눈보라치는 들판을 향해 걸어가는데 뒤에서 우리를 바라보고 서 있는 은욱의 눈길이 부담스러웠다. 볕에 그을려 은욱이 준 목각 인형처럼 까만 내 얼굴이 마음에 걸리고, 계집애가 들판이나 쏘다니는 선머슴 같다고 여길 것 같았다. 내 등에 혹이라도 붙은 것처럼 편안하지 않았다.

은욱이 너무 의젓해 보였기 때문일까? 어릴 적 내 기억에 섬집 여자가 아들 은욱을 귀여워하거나 예뻐하던 모습은 남아 있지 않다. 어리광을 피우는 금옥의 궁둥이를 토닥거리던 모습만 선명하다. 그러나 섬집 여자가 아들 은욱을 결코 소홀히 여기지 않았음은 분명하다.

봄이면 섬집 여자는 광목을 떠다 쪽물을 들였다. 짙은 잉크색 물이 뚝뚝 떨어지는 광목이 섬집 마당에 가득 널리는 며칠이 지나면, 옷 짓는 재봉틀 소리가 요란하게 들려왔다. 지금이야 천연염료 염색을 고급으로 여기지만 당시는 새로 나온 합섬섬유에 열광하던 시대였다. 그러므로 마을에서 섬집 말고는 누구도 쪽물 같은 것을 들일 생각도 안 했고 옷을 직접 만들어 입지도 않았다. 쪽물들인 무명은 구식이며 촌스러움으로 치부됐었다. 그러나 섬집 여자는 해마다 광목을 떠다 쪽물을 들여 금옥과 자신을 위해 허리춤에 잔주름을 넣어 치마도 만들고 아들 은욱과 남편 황씨에게는 남방을 지어 입혔다. 섬집 여자와 금옥이 입은 쪽물 치마는 언제나 꾀죄죄하고 후줄근했지만 은욱과 황씨의 쪽빛 남방은 정갈했다. 특히 아들 은욱의 풀 먹인 남방은 언제나 잘 다림질되어 있었다.

4학년 때, 유급을 당해 또 학년을 올라가지 못한 금옥과 같은 반에서 공부하게 되었을 때, 그때까지도 금옥이 한글을 모르고 구구단을 못 외울 뿐 아니라 덧셈 뺄셈도 정확히 못한다는 걸 알게 되었다.

3월 말, 생뚱스레 날이 추워 전혀 봄 같지 않던 어느 해질녘이었다. 갑자기 섬집 여자가 우리 집 마당에서 큰소리로 내 이름을 불러댔다. 따뜻한 방에서 숙제를 하던 중이어서 맨발이었던 나는 차가운 마룻바닥을 꽁지발걸음으로 걸어 나서다, 푸르뎅뎅하게 부은 얼굴로 서슬 푸르게 쏘아보는 섬집 여자를 보고 섬뜩해서 멈춰 섰다. 섬집 여자는 섬돌 위에 바르르 떨며 올라서서 마루로 나온 나를 낚아채다시피 붙들어 맸다. 그녀의 억센 손에 내 스웨터 앞섶이 붙잡혀 또래보다 작았던 나는 마루 끝에 매달려 간당거렸다.

"요놈의 가시나 년, 누가 우리 금옥이를 공부 못한다고 놀려댔냐? 당장 혓바닥을 쫙 잡아 뽑아 뿌려야 쓰것다⋯⋯."

섬집 여자의 쉭쉭 몰아쉬는 거친 숨소리와 성난 살쾡이 같은 표독스런 눈빛에 나는 겁에 질려서 앙앙 울고 말았다.

"울긴 왜 울어? 누가 그랬냐고 묻잖여?"

험악한 섬집 여자의 언성과 내 울음소리를 들은 엄마가 부엌에서 나와 얼굴이 벌게져 소리부터 질렀다.

"이 여편네가 왜 남의 애 가지고 자초지종도 없이 큰소리당가? 당장 아이 놓지 못하요?"

"요 쥐방울만 한 년들이, 공부 쪼게 못한다고 놀려대서, 우리 금옥이가 핵교 갔다 오면서부터 여태 울고 있다니께, 그런디 내 속에 천불이 안 나게 됐소?"

소리를 지르며 엄마에게 삿대질을 해대는 섬집 여자의 손에서 내 스웨터 단추들이 우르르 떨어져 내렸다. 헛간에서 일하시던 아버지가 나오셔서 엄마를 나무랐다.

"허 허 이러다 애들 싸움이 어른 싸움 되것네, 자네 좀 조용히 하소."

"막무가내로 우리 아이를 몰아세우니 그러잖소?"

엄마의 목소리가 좀 낮아지고 섬집 여자도 그때야 숨소리가 좀 늦춰졌다.

"너 금옥이가 공부 못한다고 놀린 적 있냐?"

"아니요, 한 번도 없어요. 엉엉, 다른 아이들이 놀려도 못 놀리게 했어요. 엉 엉 엉, 오늘도 금옥이 말려주었단 말이에요."

아버지의 물음에 이 기회다 싶어 억울함을 쏟아 놓는데 쓸데없이 울음이 다시 터졌다.

그날은 학교에서 월말고사 시험지를 나눠준 날이었다. 하굣길에 가방을 메고 가는 금옥의 등뒤에서 사내아이 하나가 몰래 시험지들을 꺼내어 "이 봐라! 황금옥 시험지, 전부 빵 빵 빵점." 소리쳤다. 아이들은 달려들어 "어디, 어디." 하고 킥킥거리고, 시험지가 바람에 날렸다. 앞서가던 내가 금옥의 황소 울음소리를 들었을 때는 시험지들이 마른 풀밭 위에서 나부끼고 있었다. 아이들의 손에서 시험지를 뺏고, 풀밭 위로 나부끼는 시험지들을 줍기 위해 울며 달리는 금옥과 함께 0점, 5점 20점짜리 시험지들을 주워 가방에 넣어주었다.

금옥은 누런 콧물을 들이 마셔대며 훌쩍이기도 했지만 내가 등허리를 두드리자 순박함이 지나쳐 바보스럽기까지 한 얼굴로 씨익 웃기도 했었다. 그런데 섬집 여자는 마치 내가 그 사건의 주동이라도 되듯이 닦달해서 억울하기 그지없었다.

아버지의 주선으로 소가 도살장에 끌려오듯 쭈뼛쭈뼛 걸어나온 금옥은 "내가 오늘 너 놀리던?" 내가 쐐기를 박아 문자 겁에 질린 듯 한참만에야 눈 주위를 좌우로 희미하게 돌리고 "내가 다른 아이들이 놀리는 것 막아준 것 맞지?"하면 느릿느릿 고개를 끄덕였다.

속이 답답해진 나는 '이런 등신, 다시는 상대하나 봐라.' 마음으로 외쳤다. 그런데 그런 금옥이 "야가 너 놀린 적 한 번도 없냐?" 섬집 여자가 언제 언성을 높였냐는 듯 다정하게 묻자 "아니단 말이여, 누가 언제 갸가 놀렷단감?" 큰소리로 악을 버럭 지르고 "니가 야랑 핵교 갔다 오는 길이었다고 했잖여?" 하자 "핵교 갔다 같이 왔어도 갸는 말려 준당께." 자기 엄마에게는 신경질을 내며 당차게 대답해줘 나는 억울함에서 벗어날 수 있었다.

금옥과 내가 5학년, 오빠와 은욱이 중학교 2학년 겨울방학 때였다.

대낮처럼 환한 빛 때문이었는지 시끄러운 아우성 때문이었는지 확실치 않지만, 한밤중에 깨어나 내복바람으로 밖으로 튀어나왔다. 밖은 이미 아수라장이었다. 여기저기서 "불이야!" "불이야!" 외침이 울리고, 시뻘건 불덩어리가 눈앞에서 포효하듯 맹렬하게 타오르고 있었다. 섬집 헛간에 불이 나 훨훨 타는 것이었다. 산더미를 이룬 불 위로 벌겋게 날름거리는 큰 불기둥이 밤하늘 위로 높이 솟구쳐올랐다.

본채는 기와였지만 헛간은 초가지붕에 목조였고, 헛간 크기조차 마을의 일반 집채보다 컸으므로 불길은 지붕에 기름이라도 뒤집어쓴 듯 맹렬하게 번졌다. 헛간에 쌓였던 땔감용 짚더미와 장작더미들까지 합해져 "뚝, 뚝, 뚜두뚝뚝." 튀어 오르며 타 들어가는데, 우리 집 마당에 내복차림으로 서 있는 내 앞까지 불똥이 튀어 날아왔다. 밤하늘에 시뻘겋게 번져가는 불은 산더미처럼 커져 온 동네를 태울 기세였다. 동네 사람들이 힘을 합해 불을 끄다, 소방차가 오고 우리 집 창고 일부까지 탄 다음에야 겨우 불길이 잡혔다.

무섭고 흥분된 밤을 보낸 다음날 오후, 마을은 다시 두려운 소문에 휩싸였다. 섬집 아들 은욱이 없어진 것이다. 어젯밤 불 속에서 불길에 휩싸여 허우적대는 사람 형체를 본 것 같다는 얘기가 마을에 번지고, 읍내 경찰이 오가고, 사람들은 다시 잿더미 속을 뒤졌다. 며칠의 소동이 끝난 후 내린 결론은, 은욱이 그날 밤 집에 불을 지르고 가출했을 가능성이 높다는 것이었다.

화재로 인해 우리 집과 섬집 사이 담이 없어진 그해 겨울, 나는 추운 날씨에도 섬집 여자가 마루에 앉아 잎담배를 오랫동안 꾹꾹 눌러 말던 모습과, 큰 육각 성냥통을 옆에 두고 앞이 보이지 않는 사람처럼 성냥을 빗나가게 그어대는 것을 자주 보았다. 불붙다 만 성냥개비들만 마당에 던져져 어지럽게 쌓여갔다.

화재 이후, 금옥은 학교에 다니지 않았다. 그러나 섬집 여자는 봄이 되자 예전처럼 다시 논으로 밭으로 내달렸다. 예전보다도 더 부지런히 아예 매일 밤낮으로 논에서 사는 듯했다.

"원, 이렇게 칠흑 같은 밤에 무슨 일을 한다고……."

엄마는 밤에 다시 논으로 향하는 그녀를 만나고 와서 혀를 끌끌 찼고, 비가 억수같이 내리는 장마철에도 논에 엎드려 있는 섬집 여자를 보고는 혼잣말을 했다.

"하여간 몸이 무쇠덩어린지 이 비를 다 맞고 일을 허니…….

일 못하다 죽은 귀신이라도 붙었나? 자식을 생사조차 모르는
디 저러는 것 보면 일에 미친 여자지……."

"그런데 그 집 논에 요즘 피가 휘이휘이 춤을 추는 게 이상
허잖소? 날마다 저리 논에서 사는디 말이요."

아버지에게 말하기도 했다. 동네 사람들은 그 집과 교류가
거의 없는데다, 섬집 여자의 억척은 이미 알려진 터여서 누구
도 상관하지 않았다.

그런 여자에 비해 섬집 남자는 정반대였다. 그들이 부부로
서 유사점이 있다면 둘 다 말이 없다는 것뿐이었다. 둘은 우리
집 이외에는 마을의 누구와도 왕래하지 않았다. 섬집 여자는
가끔 엄마와 꼭 필요한 얘기만 몇 마디 했고 섬집 남자도 아버
지와 마찬가지였다. 억센 농사꾼 아낙인 여자에 반해 남자는
학자나 선비라고 하면 수긍이 갈 외모일 뿐만 아니라 섬집 여
자가 들일과 집안일로 동분서주할 때 방 안에서 잘 나오지도
않았다. 들일하는 모습은 전혀 볼 수 없었고 그렇다고 집안일
을 하는 것 같지도 않았다. 부서진 문틀이나 담장을 고치는 일
도 섬집 여자 혼자 했다.

"아니 저 남자는 여편네는 저리 몸이 부서져라 일하는데 이
밝은 대낮에 대체 방구석에서 뭐 하는지 몰라."

"온몸이 안 아픈 데가 없다고 허대. 그래서 집안일도, 들일

도 못한다누만ㅡ."

"얼굴 보면 기생오라비처럼 허여멀거니 멀쩡하기만 헙디다."

"얼굴만 그렇지 몸이 말이 아니라든디, 그래도 이북에서 학교 선생까지 헌 사람이라니께."

"배웠으면 저리 마누라 등쳐 묵고 기둥서방으로 놀아도 된단 말이요?"

엄마가 섬집을 곱지 않은 시선으로 바라보며 중얼거릴 때 아버지가 섬집 황씨를 변명해주다 말다툼이 일기도 했었다.

전철에서 나를 바라보던 남자가 혹시 은욱이 아니었을까 하고 생각하게 된 것은 어이없게도 김치찌개를 태우고 난 다음이었다. 내년 초에 발표될 전임 모집공고가 신경 쓰여서인지 모든 일이 손에 잡히지 않았다. 연구교수라도 재임용되기를 마음으로 빌었다. 며칠 남지 않은 큰아이의 수능도 신경 쓰였다. 탄내가 진동하는 냄비를 베이킹파우더를 부어 닦아 가는데 불타던 섬집 헛간이 떠오르고 은욱이 떠올랐다. 전철에서 눈길이 마주쳤던 남자, 그날 남자가 바라보던 내 가슴, 내 검정 코트 깃에는 까만 얼굴에 초록색 모자를 쓴 목각 브로치가 달려 있었다. 어린 시절, 은욱이 만들어준 브로치였다. 몇 년 전에 달아 놓은 것이라 이제 아예 무늬처럼 여겨질 정도의 무

섬집 여자

덤덤한 액세서리였다.

그때야 남자가 쓰고 있던 베레모가 초록색이었다는 생각도 났다. 그 남자가 은욱일 수 있었다. 베레모를 쓴 걸로 보아 이제 머리가 대머리가 되었나?

내가 중학생이 되자, 우리 집에는 외삼촌 가족이 살게 되고, 우리 가족은 들판의 그 동네를 떠나 읍내로 이사를 했다. 이사한 지 몇 년 후, 금옥이 아버지가 세상을 떠났다는 애길 들었다.

고등학교를 K시에서 다니다 봄방학을 맞아 고향집에 가볼 기회가 있었다. 들판 가운데 있는 마을이어서 바람끝은 좀 셌지만, 2월 말인데도 볕이 봄처럼 좋은 날이었다. 들판으로 향하는 읍내 말미에서 엄마는 찐빵가게로 들어갔다.

"막 쪄낸 뜨끈뜨끈한 놈으로 저번처럼 식지 않게 잘 좀 싸주쇼."

엄마는 여러 겹의 신문과 비닐봉지로 특별 포장된 찐빵 몇 개를 옷섶 품안에 깊숙이 넣고, 나에게는 1리터짜리 쿨피스가 든 검은 비닐봉지를 들리고서 들판 가운데 있는 고향집으로 향했다.

"참, 너 아냐? 금옥이 엄마가 우리 집 행랑채에 살고 있다."

"금옥이 엄마요? 섬집 여자? 자기 집 놔두고 왜?"

"전에는 그 집 살림이 탄탄했는디. 금옥이 아부지 죽을 때 간암에 걸려서 논 서너 필지 축냈지. 그다음 계속 달름 달름 전답을 팔더니 집도 팔고 저 윗동네 창호네 집 너머 외진 오두막을 사서 몇 년 살았지야. 이제 섬집 여자까지 병에 걸려 거의 죽게 됐다. 병든 몸에 그 오두막이라도 팔아 써야겠다고, 우리 문간방 남은 것 그냥 쓰면 어쩌겠느냐고 허기에 그러라고 했다. 외숙네는 본채만 쓰잖냐."

"어쩌다 그렇게 됐죠?"

"글쎄 말이다. 그 억척네가 그렇게 말년이 된 것 보면……세상에 불쌍한 여자……."

"금옥이는 어디 있어요?"

"금옥이는 서울 가서 공장 다닌다드라."

고향집에 도착한 엄마가 문간방 앞에 서서 "금옥엄마. 나요." 하니 방문이 열었다.

이부자리에서 몸을 반쯤 일으켜 겨우 문을 여는 섬집 여자는 밖의 햇빛에 눈이 부신지 눈을 뜨지 못했다. 감긴 눈에 해골이 여실히 드러나 보이는 몰골이 마치 환영이 서서히 일어나는 것처럼 섬뜩했다. 엄마는 전에 우리가 살 때는 외양간이었던 섬집 여자의 부엌으로 들어가 여기저기 찬장 뒤지는 소리를 내더니, 결국 스테인레스 밥그릇에 쿨피스를 따르고 대접에는 찐빵을 담아왔다.

"있는 그릇이 밥그릇과 대접뿐이라서……. 드셔 보쇼, 꼭꼭 싸서 품안에 넣어 왔더니 차지는 않소."

엄마의 말에 섬집 여자의 앙상한 손이 떨리면서 찐빵으로 갔다.

그해 여름이 오기 전, 모내기철이 되어 들판이 막 바빠지기 시작할 때 섬집 여자는 일하지 않아도 되는 세상으로 떠나갔다.

내가 대학생이 되었을 때 언젠가 집에 가니 금례언니가 와 있었다. 이제 완연한 아줌마 모습으로 볼살이 처져 목 쪽으로 모이기 시작하고 허리는 두루뭉술해져 있었지만 피부는 역시 희고 고왔다.

"참고 살게, 여자가 참아야제 어쩌겠는가? 아이들 놔두고 어디 가서 맘 편히 살 수 있겠는가? 속상할 땐 우리 집이 친정이거니 하고 이렇게 와서 며칠 쉬다가, 맘 풀고 힘내서 다시 가서 살고 살고 하소. 세월 가고 애들 크면 사내는 힘 빠져 조강지처 품으로 돌아올 걸세."

엄마가 다독이고 있는 걸로 봐서 결혼생활이 순탄치는 않은 듯했다. 그 얘기를 들으면서 예전의 금례언니의 남편 경태 씨가 불렀다던 노래, "아줌마—나도—요? 색시가 있다?요—."
애들과 불렀던 그 가락을 떠올렸다.

　어느 여름방학 때는, 금옥이가 엄마인 섬집 여자 산소에 왔
다 들렀다며 읍내 우리 집에 왔다. 나를 위해 과자까지 사와
함께 청포도 알사탕을 녹여 먹으며 어린 시절처럼 방바닥에
누워 뒹굴뒹굴하면서 얘기했다. 그때 금옥은 말을 더듬거나
혀 짧은 소리도 하지 않았고, 머리도 바가지 머리가 아닌 또래
의 보통 처녀들과 다름없이 굵은 컬 파마머리였다. 나보다 키
가 훨씬 컸고, 몽실몽실한 볼이 금례언니만큼 희지는 않아도
밉상은 아니었다. 순진해 보이고 웃는 상이었다.

　그리고 금옥이 결혼을 했다는 얘기를 들은 것은 몇 년 후였
다.

　"지그 엄마 묘소에 신랑하고 왔다가 들렀더라. 신랑을 아주
잘 만났드라. 사람이 듬직허고 힘 좋고 일 잘허게 생겼데—.
목포 선착장에서 하역작업 헌다는디, 심성도 그만해 보이드
라. 부부 건강허고, 서로 맘 맞춰 살면 세상 다 살만한 것이
다."

　엄마가 말했었다.

　아버지께서 돌아가시자, 엄마는 그 읍에서 K시의 아파트로
이사했고, 금옥이나 금례언니와도 연락이 끊어졌다.

섬집 여자

늦은 결혼 후 서울에 올라와 자리잡은 내가 학회 참석차 K
시에 갔던 길에 친정에 들려 엄마가 차려주는 점심을 급하게
먹고 일어서던 때였다. 엄마는 아무리 바빠도 얘기 좀 하자며
나를 다시 자리에 앉혔다.

"내가 본께 니 얼굴이 사흘에 피죽 한 그릇도 못 얻어먹은
사람 멘끼로 쪽새가 됐어야. 인생 그리 아득바득대지 말고 쉬
엄쉬엄 살어라."

사실 그때 내 생활이라는 것이 새로 시작된 박사과정에 다
섯 살 난 큰아이와 돌쟁이 둘째까지 돌봐야 했으니 몸이 서너
개는 되어야 할 판이었다. 할일은 많은데다 같이 공부에 매달
리는 벌이 시원찮은 남편, 원하는 것 많은 시댁으로 인한 스트
레스 또한 만만찮은 터라, 내 얼굴은 며칠 굶은 족제비마냥 마
른 광대뼈에 퀭한 눈빛만 번득이고 있었을 것이다.

"너 섬집 여자 기억허냐? 열심이라면 그 사람 따라갈 사람
나는 아직 못 봤다. 그런디, 뭐 좋은 것 있디야? 그러니 그렇
게 고드락 파드락 살 필요 없는 것이어. 꼭 해야 될 일만 허고,
나둬불고 살아도 인생 다 굴러가는 것이여……."

"금옥이 엄마 살던 시대와 지금은 다르잖아요? 지금은 모두
가 나처럼 바쁘게 살아, 엄마."

"시대가 다르긴? 외양만 쪼—께 다르지 자세히 바라보믄

다 거기서 거긴 거여, 세상살이라는 것이 어린애가 자라나 짝 만나 결혼허고, 자식 낳고 키워서, 그 자식이 지 밥 먹고 살게 만드는 것 아니냐? 그것만 해내면 인생 다녀간 몫은 해낸 거다. 금옥 엄마야, 본 남편 잃게 되어 인생이 꼬이기 시작혀서, 그 은욱이란 몹쓸 자식까지 행방불명으로 험하게 된 것이다만, 그렇다 해도 그렇게 억척 안 부려도 세월은 다 갔을 것인디, 왜 그리 억척을 부렸는지 모르것다. 그러니 너도 박사도 좋고 교수도 좋다만, 너무 일등 헐라고 허지 말고, 앞서기 좋아 허는 지그들이나 허라고 놔도불고, 쉬어감서 대충 혀라."

"참 금옥이네 엄마는 어쩌다 첫 남편을 잃었나요?"

엄마의 얘기에 의하면 열일곱에 시집간 섬집 여자가 딸 둘 낳고 스물두 살 되던 해에 남편이 바다에 김발 걷으러 갔다가 오지 않았다고 했다. 바다일 갈 땐 언제나 같이 다녔는데, 그날따라 밤새 둘째 딸 금례가 아파 남편만 보냈다고 한다. 오늘은 나 혼자 다녀옴세, 자네는 애기나 돌보소 하고 혼자 배 타고 나간 사람이 돌아오지 않았단다. 기다리는 사람은 오지 않고 아이들은 커가고 그렇게 10여 년이 지났지만 워낙 성실했던 남편이 김양식장이며 전답을 남겨놔서 먹고 살기는 괜찮았다고 했다.

"어느 해, 혼자 아침부터 부지런히 메밀밭을 매고 있는디,

어디서 윙윙 소 울음소리 같은 소리가 울려 내려다보니, 아래 바닷가 돌자갈밭에서 어떤 남정네가 혼자 다리를 쭉 뻗고 울고 있드란다. 산중턱 밭이라 위에서는 보여도 앉아서 밭 매는 금옥엄마가 바닷가에서는 보이지 않는지라, 남자는 아무도 없는 줄 아는지 울다가, 멈추다, 다시 소리쳐 울다 울다 하면서 한 나절을 그드란다. 고 자리 그대로 앉아서…… 해가 중천을 지나 산 그림자가 생기기 시작하자, 집에서 싸간 주먹밥을 먹으려는데, 저 남정네가 한나절 내내 울었으니 배가 오죽 고플꼬, 하는 생각이 들었다잖냐? 그래, 바닷가로 내려가 남자한테 자기 먹을 밥을 줘버렸단다. 그러고 나니 배도 고프고, 이래저래 오늘은 일 허긴 글렀다 치고, 그냥 호미 챙겨 집으로 돌아왔지. 집에 오자마자, 부엌으로 들어가 아침에 남겨둔 식은 보리밥에 열무김치 넣고 비벼서 한 양푼이 먹고 나니, 그때야 눈이 좀 보이는 것 같드란다. 그래 소피 보러 밖으로 나와보니, 아 글쎄, 바닷가에서 울던 그 사내가 따라와 사립문 앞에 우두커니 서 있었다잖냐?"

엄마는 잠시 말을 쉬었다.

"남자 여자가 같이 지내다 보니 자식 태어나는 것이 이치 아니냐? 은욱이와 금옥이가 태어나―지. 그러니 좁은 섬 구석에서 오죽 말들이 많았것냐?"

"그래서 섬을 떠나 이사 왔군요."

"그랬제! 그런디, 그 은욱이 아버지가 병주머닌기라. 거기다 우울증까지 심해 정신병 약을 달고 살았다 안 하냐—."

엄마는 잠깐 내 눈치를 살핀 후 "쯧" 혀를 차더니 머리를 내게 가까이하여 소리 죽여 말했다

"허긴 이제 너도 어른인디, 말혀도 되것지야. 포로수용소에서 날마다 윤간을 당했대— 은욱이 아부지가—."

"남자가요?"

"그래, 섬집 남자가 여자처럼 좀 곱상했잖냐? 수용소에선 여자구경을 못했으니까……. 정신 나간 미친 놈덜이제. 그러니 은욱이 아부지가 몸과 맘이 엉망이 되어부러서 섬집 여자가 그 남자 건사하느라 평생을 등골 빠진 것 아니냐? 밑에서 피고름이 나서 앉아 있지도 못했다드라."

엄마는 잠시 말을 끊었다.

"그래도 은욱이가 있을 때는 남자가 밉지 않드란다. 들일 갔다 들어와 은욱이가 공부허고 있는 모습을 보면 '그래도 저 남자 덕에 내가 이런 아들을 얻었다.' 하고 남자가 고맙기까지 허드란다. 은욱이는 엄마가 들에서 늦으면 몰래 부엌에 들어가 밥을 해 놓기도 하고 공부도 열심이어서 특별히 정이 가고, 섬집 여자 사는 낙이었다고 허드라. 본 남편처럼 속이 깊어 은

욱이 아버지가 과연 누구더라 하고 혼자 실없이 따져보기도 했다드라. 그런디 그 은욱이가 없어져 버렸으니……."

"그 이후에도 섬집 아줌마는 계속 열심이었잖아요?"

"나도 그런 줄 알았었다. 그런디 들어보니까……. 허긴 일이 손에 잡혔겄냐? 은욱이가 행방불명 된 후로는 만사가 다 싫어져 일이고 뭐고 염사가 없드래, 집에 있으면 가슴이 터질 것 같아서 칠흑 같은 밤에 물논에 가서 앉았다 누웠다 하고 있었다 하드라. 물논이니 거머리가 오죽했겄냐? 수십 마리 거머리가 온몸에 눌어붙어서 피를 빨아 묵는디, 죽을 수 있을까 해도 죽지도 않드란다."

말을 끊고 엄마는 한참 동안 먼 곳을 바라보았다. 그러던 엄마가 누가 듣나 살피듯이 주위를 둘러본 후, 눈을 크게 떠서 내 눈을 들여다보며 목소리를 낮췄다.

"기억 나냐? 아랫동네 덕수 아부지 묘를 누가 파헤쳐서 난리났던 일 말이여?"

"그 일은 왜요?"

"은욱이는 소식도 없고, 하도 답답해서 섬집 여자가 읍내 남댕이 당골네를 찾아갔드란다. 당골네가 팔자가 사나워서 그렇다며 그 팔자 고쳐 아들과 살라면, 죽은 남자 부둥켜안고 잠을 자야 헌다고 하드란다. 그래서 덕수 아부지 묻던 날 묏자리를 알아두었다가 그날 밤 한밤중에 공동묘지에 가서 그랬다는구나."

놀라 벌어진 내 입을 보고, 엄마는 숨을 깊이 내쉬었다.

"얼마나 아들 은욱이를 만나고 싶었겄냐? 공부 좋아하는 은욱이가 객지에서 무슨 돈으로 공부헐꼬 생각하면 숨이 턱턱 막혀와 살 수가 없드란다. 어떻게든 살아나가야 허겄기에 그랬다드라."

소름이 돋고 가슴이 얼얼해졌다. 한참 후 입을 열었다.

"엄마는 언제 그렇게 많은 얘길 들었어요? 섬집 아줌마한테"

"그 말없던 여자가 죽을 때가 되니까 내가 들판 집에만 가면, 나를 붙들고 한숨 섞어가며 살아온 이야길 하더라. 덕수 아부지 송장 얘길 할 때는 나도 등골이 오싹했다만, 그 여자가 그 고백을 하면서 뿜어내던 통곡소리는 더 오래 남드라. 뼈 속에 사무친 울음이 마치 짐승이 울부짖는 것 같더라."

엄마는 가볍게 몸을 움츠려 떨더니 덧붙였다.

"죽기 전에 그 한을 누구에게라도 풀어부러야 눈이 감길 것 같았나부다."

10년 전 엄마가 소천하신 후, 나는 섬집 여자와 관련된 얘기를 더 이상 듣지 못했다. 그런데 5, 6년 전, 갑자기 금옥에게서 전화가 왔다.

"저 혹시 황금옥이 알아요―?"

전라도 억양으로 표준말 흉내를 내 쭈뼛거리며 물어오는 금옥이의 목소리는 정말 뜻밖이었다.

"부부 교수님이라며? 넌 원래 똑똑했으니까⋯⋯. 나― 영광에서 식당헌다― 굴비 나는 영광 알지? 나 같은 것이 몸으로 때우는 일해야 먹고 살지 뭐로 먹고 살 것이냐?"

"남편하고 같이하니?"

"응, 남매 나서 키우는데, 아들은 대학에 다니고 딸은 고등학생, 너만큼은 아니지만 그래도 아이들이 공부를 잘해. 어릴 적 나 생각해보면 놀랍잖냐?"

당시 나는 20대 조교와 사랑놀이에 빠진 남편의 일을 막 알게 된 터라, 금옥이의 전화에 기뻐할 여유도 없었다. 띄엄띄엄 금옥의 말에 대꾸하다가 은옥의 소식을 물었다.

"응, 그래 오빠도 만났어. 그래도 서울에서 성공했어. 큰 건물들 청소해주는 용역회사를 운영해, 돈은 좀 버는 것 같은데 아직 결혼을 못했어야."

"아직도? 그래도 건강하게 살아 있으니 다행이네."

"그래, 우리 엄마 살았을 때 오빠를 찾았으면 얼― 매나 좋았것냐—?"

금옥의 목소리는 잘 조여진 활시위처럼 팽팽해서, 생활에 자신감이 붙어 있음을 느낄 수 있었다. 그때 내 대꾸가 시원찮아서인지 금옥은 다시는 연락해오지 않았다.

내가 오빠를 만나 금옥과 은욱의 소식을 전했을 때, 오빠는 속엣말을 꺼내 놨다.

"그날 밤, 은욱이가 사라진 날, 동네사람들이 은욱이가 집에 불 지르고 달아났다고 했잖아? 기억나니?"

"그럼 기억하지."

"난 은욱이가 불 질렀다고 생각 안 해. 은욱이는 심성이 착했거든. 사실은 은욱이가 그때 담배를 피우기 시작했었어. 그 근래에 갑자기 학교 문제아들하고 어울리더라. 그래서 학교 갔다 오는 길에 왜 그런 애들과 어울리느냐고 물었지. '모르면 관둬 난 어떻게 하면 더 빗나가나 궁리하고 있으니까' 하고 대답하더라. 부모님 생각 좀 해라, 너희 엄마 불쌍하지도 않느냐고 했지. 그랬더니 은욱이가 한숨을 쉬며, 걸어가던 둑길 가로다가가 들판을 내려다보고 앉더라. 나도 따라가 옆에 앉았지. 그런데 은욱이가 책가방을 앞에 놓더니 오른발로 힘껏 차버리는 거야. 가방이 뚝 경사면을 따라 아래로 대굴대굴 굴러 떨어졌고……. 그때 들은 얘기로는, 은욱이 아버지가 밤낮 베고 누

섬집 여자

위 있는 베게 밑에, 이만한 노트가 있었대."

오빠는 엄지와 검지를 1인치쯤 벌려 보였다.

"금옥이나 지네 엄마야 한글을 모르니 볼 생각도 못 했겠지만, 은욱이야 맘먹으면 아무리 아버지가 끼고 지낸들 왜 못 보겠냐? 그것은 일기장이었는데 내용이 온통 이북에 두고 온 아내와 아이들에 대한 그리움을 눈물겹게 써놓은 것들이래. 시도 있고 편지도 있는데, 어디에도 은욱이나 금옥이 그리고 여기 아내인 자기 엄마에 대한 사랑은 단 한 줄도 찾을 수 없다는 거야. 은욱이는 울면서 금옥이나 자기야 그래도 괜찮지만, 지네 엄마가 혼자서 집 안팎으로 뼈 빠지게 그렇게 일을 하는데, 날마다 놀고먹는 자기 아버지가 어떻게 그럴 수 있느냐고 하더라. 듣고 보니 그렇더라. 이건 어디까지나 내 생각인데, 그날 밤, 은욱이는 밤중에 헛간으로 나와 담배를 피우고 있었을지도 몰라. 그러다 불이 붙고…… 헛간이라는 곳이 볏짚이며 불쏘시개 천지잖아? 불이 붙자 혼자서 끄려다 실패하고, 불길은 커지고 사람들이 불이야 불이야 외쳐대니 놀라서 달아나지 않았나하고 혼자 상상해본다. 그때 은욱이 나이 겨우 열다섯 살, 중학교 2학년 아이였잖아?"

오빠의 가설을 떠올리자, 목각 브로치를 선물하며 미소 짓던 그 겨울의 소년이 어른거린다. 그 미소 때문에 브로치를 계속 가지고 있었고 몇 년 전에는 새로 산 코트에 달았는지도 모른다. 검정과 초록색만으로 이루어져 단순미는 있지만 이제 포스트칼라까지 퇴색된 중학생이 만든 조잡한 물건인데 말이다.

엄마의 소천 이후, 섬집 여자는 잊어버릴 만하면 가끔 내 꿈 속으로 찾아왔다. 꿈속으로 찾아와 섬집 여자는 대체 무얼 말하고 싶었을까? 그런 삶, 그런 여자가 있었다고 말하고 싶었을까? 꿈에서 깨어나면 잠시 후 언제나 떠오르는 것은 혀를 끌끌 차며 말하던 엄마의 목소리였다.

"원 이렇게 칠흑 같은 밤에 무슨 일을 한다고……."

빠듯한 농촌 살림에 다섯 아이들을 키워가던 엄마도 일 구덩이 속에서 살기는 마찬가지였다. 그러고 보면 대부분의 자식 가진 여자의 삶이란 섬집 여자와 닮아 있는 것은 아닐까?

엄마는 어린아이가 자라나서 짝 만나 자식 낳고, 낳은 자식 키워놓으면 이 세상 한자리 차지하고 살다간 몫은 한 것이라고 했다. 섬집 여자도 그 몫을 하느라 그렇게 살았겠지. 그녀의 딸 금옥도 그 역할을 잘 담당하고 있고. 전임교수는 못 되더라도 나도 혼자 아이들을 키워가는 것만으로 내 몫은 해가는 것이라고 알려주고 싶었을까? 잡풀 우거진 풀밭을 지나치게 파대는 일은 하지 말라는 뜻일까?

카톡을 여니 "독서실서 잠, 걱정 말고 주무삼." 큰아이의 메시지가 와 있다.

이제 침대로 가서 편한 잠을 청해야겠다. 안방으로 가다가 둘째 아이의 방문을 열어 보았다. 아이는 이불을 다리로 휘감은 채 잔뜩 웅크리고 자고 있다. 다리를 들어 내리고 이불을 끌어 덮어주었다. 그때 은욱은 이 나이 또래의 소년이었다. 그가 만든 목각 브로치의 까만 얼굴은 그의 어머니였을까? 아니면 나였을까? 그가 서울에 있다고 금옥이 말했었다. ✗

— 2018년 4월 『한국소설』

영혼의 맨살

십여 년 전, 안나 수녀님의 소천 때 당신을 보았습니다. 꽃다운 소녀로 이국땅에 와서 한센병환자를 섬기다. 이제 그섬의 서쪽 언덕에 눕는 수녀님의 일생을 리포터가 감동어린 목소리로 전하던 텔레비전에서였지요. 진지하고 슬픈 눈빛이 더 깊어졌더군요. 수녀님의 소천소식과 당신의 모습, 나도 모르게 눈물이 볼을 타고 내렸습니다.

영혼의 맨살

　오늘 아침 출근길에 모과 하나를 주워왔습니다. 아직 연둣빛이 감돌긴 했지만 노란빛이 고른 그런대로 잘 익은 모과입니다. 병원 뒤편에 있는 주차장 귀퉁이에 모과나무 한 그루가 서 있습니다. 주차차량들이 내뿜는 매연에 시달리면서도 용케 살아내는 기특한 나무입니다. 해거리를 하는지 올봄엔 꽃도 몇 송이 올리지 못했었는데, 그래도 가을이라고 몇 개 튼실한 모과를 달고 있습니다. 그중 하나가 주차장 시멘트 바닥에 떨어져 뒹굴고 있기에 가져왔습니다. 행여 자동차바퀴에 짓이겨지기라도 하면, 애써 꽃을 피우고 열매를 키워온 모과나무가 내려다보면서 안타까워 할 것이라는 생각도 언뜻 했지요.

모과를 가져와 책상 위에 대충 놓아둔 채로, 가운을 입고 여느 날처럼 기다리던 환자들을 만나기에 바빴지요. 두어 시간 후, 노곤해진 몸을 의자에 털썩 던지고 숨을 돌리고 있었어요. 그런데 아침에 주워온 모과가 책상 위 전화기 옆에서 연노랑 빛을 발하고 있었지요.

모과는 못생기고 홈이 많을수록 향이 좋다던데 이 모과는 꽤 말끔합니다. 하긴 말끔한 모과인들 그리 곱기야 하겠습니까? 굴곡이 조금 덜한 정도지요. 그러나 분명 색깔만큼은 아주 곱습니다. 간간이 박혀 있는 진갈색 홈집이 노란 빛깔을 더욱 선명하게 하고, 배어 나온 진에 유분기가 있어서인지 표면이 반들거려 모과가 마치 빛을 내고 있는 것 같습니다.

의자에 비스듬히 기대어 바라보았기 때문일까요? 나는 모과의 생김새보다는 모과가 내는 빛을 바라보다가, 어느새 퇴락한 붉은 벽돌건물을 떠올리고, 그 앞에 서 있던 늙은 은행나무 위로 햇살이 쏟아지던 가을 오후의 그 섬에 가 있습니다.

남쪽 다도해 중의 작은 섬인 그곳에는, 작지만 결 고운 모래가 깔린 아늑한 해변이 있었지요. 해안가 모래둔덕 위에는 오래된 소나무들이 보기 좋게 늘어서서 바람을 막아주었고, 거세지 않은 파도는 조용히 모래펄을 더듬듯이 넘실댔어요. 소나무 숲 해변을 걷다보면 언덕 위에 직원들 마을이 보였어요. 일제 강점기 때 지어놓은 일본식 고택들은 숲과 어우러져 이국적인 멋까지 풍겼지요.

내 사택은 병풍처럼 둘러싸인 산 아래에 자리잡아 마을의 뒤쪽이었죠. 입구에 적어도 백 년은 살았으리라 여겨지는 큰 소나무가 있었고, 그 뒤 언덕을 이십여 발자국 올라가면 현관문에 다다랐죠. 나는 현관 앞 계단에 앉아 섬의 계절을 바라보곤 했어요. 4월이면 마을거리가 온통 벚꽃으로 뒤덮였고, 오른쪽으로 내려다보이던 수녀관 언덕의 마가렛꽃 군락은 5월에 장관이었죠. 내가 섬을 떠나려고 마음을 정한 후, 마을의 지붕 위에 내리던 눈발을 하염없이 바라본 것도 그 계단에 앉아서였어요.

병원 건물에 연해있던 중앙공원에는 한하운의 시 「보리피리」가 새겨져 있었어요. 조성 당시 환자들의 노동과 눈물에 얽힌 슬픈 예화들이 많았지만, 공원의 능수매화꽃은 겨울 티를 벗지 못한 추위 속에서도 화사하기만 했죠. 환자들이 사는 마을마다 흰색 나무 십자가를 종탑 위에 단 작은 교회가 있었어요. 마을 앞에는 정갈하게 잘 손질된 마늘밭들이고요. 잡초 한 포기 없이 줄 세워 잘 가꾸어진 마늘밭을 볼 때마다, 넘어지고 구르며 온몸으로 일했을 환자들을 생각하며 마음 한편이 시려오곤 했지요.

그 섬은, 지금은 한센병이라 불리지만 이십대였던 우리가 함께 근무하던 그때까지만 해도 나병이라고 더 많이 불리던 병을 가진 사람들의 커다란 병원이었지요. 건강한 축에 속하는 환자들은 마을에 살고, 거동이 불편한 환자들은 병원 가까이에서 합숙하고, 그것도 안 되는 중증 환자들은 병동에 입원된 상태였지요. 이천여 명의 환자들, 그들을 돕는 의료진과 행정직원들, 그 가족들이 섬 주민 전부였어요.

병원은 이미 칠십여 년이 지난 낡고 퇴락한 건물이었죠. 일본인들이 당시 사회의 골칫거리였던 나환자들 수용소로 그 섬을 지정하고, 강제로 데려와 노역을 시켜 벽돌공장을 세우고, 거기서 만든 벽돌로 병원을 세웠다지요. 섬의 모든 시설이 환자들의 강제 노역의 결과라 했지요. 병원건물 내벽은 역사를 말해주듯 여기저기 곰팡이로 덮여 있어 처음 오는 사람들은 을씨년스럽다고들 했지만, 담쟁이 넝쿨이 어우러진 외벽은 그런대로 고색창연했어요. 현관 앞에는 건물보다도 더 나이 들어 보이는 은행나무가 섬의 역사를 말해주듯 서 있었고요. 칠십여 년 동안 얼마나 많은 환자들이 그 나무 아래서 한숨 쉬며 쉬어갔을까요? 이런 가을날, 병원 앞 그 늙은 은행나무는 그곳에 남기고간 환자들의 한숨에 물들어 샛노래진 잎들을 무수히 날려댔지요.

　나는 어느덧 수녀님들 치료실로 들어갑니다. 내가 일했던 외과진료실보다도 먼저 말입니다. 오늘 이 상념이 모과로부터 시작되어서인지도 모르겠습니다. 수녀님들은 해마다 그 섬에서 수확한 모과나 유자로 차를 담가서 크리스마스선물로 주시곤 했잖아요? 정성어린 선물도 선물이지만, 나는 두 분 수녀님을 생각하면 어느 환자할머니와 함께 계시던 모습이 먼저 떠오릅니다. 그 할머니는 오래전 한센병이 덮쳐서 신체의 말단부위는 다 파괴해놓은 상태였지요. 한손은 엄지손가락 하나 남아 있고, 다른 손은 그마저도 없이 손바닥만 남았죠. 안면 신경마비로 얼굴은 사자 상이었고, 근육은 힘을 잃어 처진 입술에서 침을 좔좔 흘리는 행색이었어요. 그분의 하나 남은 손가락 궤양치료를 해준 오후였습니다. 이제 그 손가락마저 절단해야 함을 알리면서 말입니다.

　치료 이후, 지금은 기억나지 않는 무슨 일로 수녀님들 치료실 앞을 지나가다, 열려 있는 문을 통해 그 할머니를 다시 보았습니다. 안나 수녀님 무릎에 앉은 할머니를 마리아 수녀님이 몇 올 남지 않은 흰머리에 물을 먹여 가지런히 빗질하여 곱게 땋고 계셨습니다. 할머니를 무릎에 앉힌 안나 수녀님은 한

손으로 할머니를 안고 다른 손으로는 할머니의 쭈그러지고 일그러진 얼굴을 어루만지며 "우리 할매, 예—쁘다, 차암 예쁘다." 하면서 쓰다듬고 있었습니다.

할머니의 얼굴에는 서너 살짜리 아이가 엄마에게 사랑받을 때 보임직한 평안한 만족감이 넘쳐났습니다. 뒤 창문을 통해 들어오는 오후의 가을 햇빛은 그들 위에서 후광처럼 물결치고 있었고요. 아마 마지막 남은 손가락마저 잃게 된 할머니는 절망에 빠져 수녀님들을 찾아간 모양이었습니다. 그래서 두 분 수녀님은 할머니를 그렇게 위로해주었고요. 내 눈엔 험악하기만 한 외모가, 그리도 예쁘고 사랑스러워 보일 수도 있다는 것을 수녀님들 얼굴에서 선명하게 확인한 나는 감동을 넘어 충격이었어요.

그 섬의 그런 아름다움은 수녀님들 방에만 있는 것도 아니었지요. 사회로부터 외면당하고, 대부분은 가족으로부터도 버림받은 환자들을 약을 먹이고, 궤양을 치료하고, 목욕을 시키고, 눈이 되어주던 간호사들을 기억합니다. 그중에서도 현 간호사는 돋보였지요. 가녀린 몸매에 유난히 흰 피부를 가진 그녀가 신실한 표정으로 눈을 지그시 감고 부르던 찬양도 잊지 못합니다. 당신도 현 간호사에 대해 호감과 존경심을 가지고 있다는 걸 나도 알고 있었어요. 현 간호사는 심한 결핵환자 병동에서 일했지요. 나균과 결핵균이 비슷한 종류라서 한센병환자들의 결핵 이환율이 높잖아요? 그래서 그곳에서도 결핵환자들은 따로 격리되어 있었죠. 봉사정신으로 그 섬에 들어온 간호사들이지만, 결핵병동만은 너무 힘들어서 꺼리는 곳이었죠. 그런데 현 간호사는 먼저 자원했어요.

제일 힘든 환자들을 돌보면서도 항상 웃는 현 간호사에게 어쩌면 그렇게 즐거울 수 있느냐고 물은 적이 있어요. 각혈한 노인들을 목욕시켜 궁둥이에 베이비 분을 발라 톡톡 두들기며 "이젠 됐어요, 자알 하셨어요." 하고 옷을 입힐 때, 뽀송뽀송해진 맨살을 보면 저절로 신이 난다고 하더군요. 병에 찌들고 문드러져 손발조차 제대로 붙어 있지 않은 육신, 늙어서 처지고 쭈그러진 피부, 거기에 각혈까지 하는 환자들이 아기처럼 사랑스러울 수 있다고는 도저히 연상이 안 되더군요. 의아해하는 내 표정에 현 간호사는 안타까운 듯 손까지 잡아주며 덧붙이더군요. "일하면서 땀을 흘려 운동한 다음처럼 기분이 좋아진 거겠죠."

신병동의 간호조무사들 얘기도 생각납니다. 당신도 아는지 모르지만, 그녀들이 환자로부터 받았던 유산에 대해서 말입니다.

노령인 그는 마비로 누워 있는 환자였지요. 거동을 못했기에, 간호조무사들이 욕창을 피하기 위해 몸을 자주 움직여 주고, 대소변을 위한 기저귀를 채워주었지요. 오물을 치우는 중에 행여 발이라도 조심스럽게 다루지 않는다 싶으면 어린 간호조무사들에게 험한 욕설까지 쏟아내는 고약한 분이었어요. "이년들이 사람을 짐짝 취급하네. 너 이년 내가 일어나기만 하면 가만두지 않겠다." 치아가 없어 발음조차 명확하지 않은 말로 노인은 화풀이를 해대곤 했답니다. 자주 당하는 일이라 간호사들은 웃고 넘기지만 기분이야 좋을 리 없었겠지요. 그런데 그 환자도 기저귀 가는 일이 끝나고 화가 풀리면, 나름대로는 사과를 하곤 했지요. "간호들 고마움을 내가 왜 모르겠나? 김 간호, 이 간호, 사실은 내가 돈이 좀 있는 사람이거든…… 내가 머잖아 죽을 텐데 간호들 은혜를 꼭 갚음세." 말하곤 했다고 합니다.

그렇게 몇 달이 지나 결국 노인은 돌아가셨지요. 장례식 전날 환자대표가 유언과 함께 상속분을 전해주었어요. 정말 노인이 유산을 남긴 겁니다. 그 섬에서 고인들은 장례식날, 조문객들에게 우유와 빵을 남기고 화장터로 들어가곤 했잖아요? 그곳도 사람 사는 사회라, 빵이라도 나눠줘야 추모하러 오는 조문객이 많았지요. 평생을 외로움 속에서 살아가는 그들이지만, 마지막까지 쓸쓸히 가긴 싫었는지 조문객 대접을 위한 비용을 어떻게든 남겨두고 가는 것이 소망이었지요. 그도 조문객을 위해 오만 원을 남겼어요. 그리고 자신을 돌봐준 간호사들에게 특별히 만 원을 남겼죠. 그 만 원에 감사하면서, 치료실 간호사들이 자신들의 돈을 합하여 추도모임을 하던 모습이 생각납니다.

그녀들은 자신들이 하지 않아도 될 일을 찾아서도 했지요. 정부는 복지기금을 풀어 김이며 부식거리를 나눠주었지만, 수족이 없거나 있어도 말을 듣지 않는 데다가, 눈까지 보이지 않는 환자들은 제대로 음식을 만들지 못했어요. 입맛 없는 노인들이 주어진 부식거리도 제대로 활용할 수 없음을 안타까워한 간호사들은, 점심시간을 이용해 김에 기름소금을 발라 맛깔나게 굽고, 먹기 좋게 잘라 차곡차곡 쌓아서 노인들에게 전해주곤 했지요. 김이 배급된 달에는 모든 집을 돌아가면서 하다 보니, 한 달 내내 점심시간을 쪼개 쓰면서도 기쁘게 그 일을 감당해 나갔어요. 당신이나 내가 알고 있는 그 어여쁜 여인들의 얘기를 하자면 끝내기가 쉽지 않죠?

이제 당신 얘기를 해야겠네요.
수녀님들이나 간호사들이 보이는 사랑에 미치지 못하는 나는 그 섬이 낯설기만 했습니다. 잔잔한 호수 같던 섬 풍경에

둥둥 떠다니는 나뭇잎처럼 나만 도드라져 있었지요. 그런데 당신은 잘 어울려드는 것을 넘어 섬의 아름다움을 이끄는 주역이었죠. 진료실 복도를 지날 때 환자들을 만나면 언제나 다가가 문을 열어주던 당신. 손가락이 없어 뭉뚱그려진 손바닥을 합쳐 문을 열려고 애쓰던 환자들이 왜 나는 보이지 않고, 언제나 당신 눈에 먼저 띄는 것일까요? 함께 복도를 걷다가도, 당신이 얼른 문을 열어 환자들의 어깨를 감싸 안으로 안전하게 들여보낸 다음에야, 나는 그분들이 문을 열려고 애쓰고 있었다는 걸 알고는 했으니까요.

그럴 때 내 마음속 사랑의 깊이가 당신에 비해 얼마나 보잘것 없는가를 절감하곤 했습니다. 멀리서 눈이 안 보이는 환자가 지팡이를 두드리고 오면 당신의 눈은 계속 그분을 향해 열려 있었지요. 행여 문턱이라도 있으면 어느새 다가가 안전한 곳까지 안내한 다음에야 하던 애길 계속했지요. 그냥 말이 하고 싶어 불만을 토로하던 환자들에겐 미소를 지으며 끝까지 들어주고, 어깨를 안아 토닥거려주던 당신의 모습이 생각납니다.

나는 그저 치료에 최선을 다하는 것이 내가 베풀 수 있는 사랑이라고 여겼습니다. 그들의 흉한 모습이 안타까웠지만, 껴안고 싶을 만큼 사랑스럽지 않은 것은 틀림없었습니다. 대부분의 나환자들이 손가락을 온전히 갖지 못했기에, 그들을 진료하고 오는 길에서는 내 손이 제대로인지 확인하느라 만져보고 손가락 개수를 자주 세어보곤 했습니다.

내가 이 말을 하자, "손가락, 물론 중요하죠. 하지만 손가락은 없어도 그분들의 내면은 우리와 똑같아요. 사람이 존중받아야 하는 이유는 영혼의 가치 때문이겠죠? 손가락보다는 영혼이 소중하다고 자주 되뇌면 일이 좀 쉬워져요." 안타까운 듯 우수어린 눈빛으로 바라보며 진지하게 말했지요. 그럴 때 당신은 성자 같은 기품이 있어 보였어요.

당신의 따뜻함은 비단 환자들만을 향한 것은 아니었어요. 멀리서 간호사들이 무거운 짐을 들고 오면 상대가 누구이건 간에 성큼성큼 다가가 짐을 받아오고, 뜻밖의 당직이 필요하면 언제나 자원했고, 심지어 친구가 필요한 행정직원들의 술친구까지도 해가며 마치 남을 위해 태어난 사람처럼 잘도 해냈지요. 그 섬에는 국비로 운영하는 간호조무사양성소가 있었는데, 학생들은 졸업 후 그 병원에 취업이 보장되었죠. 주로 가난한 농가의 딸들인 그들에게 신경을 써준다는 것도 나는 눈치챘어요.

그런 당신이 이상하게도 나에게만은 까다롭게 굴었죠. 괜히 내 말에 꼬투리를 잡는가 하면 자만심과 욕심으로 가득 찬 이기적이고 철없는 아가씨로 대했죠. 잘못된 병원 제도를 고쳐야 된다고 주장하면 과도한 자신감은 실수의 지름길이라느니, 마음에 드는 원피스를 입고 출근하여 기분이 좋아 있을 때 여기서는 그런 옷을 입으면 불편할 뿐이라고 핀잔을 주기도 하고, 한참 신이 나서 말하는 중에 눈이 안 보이는 환자들은 소리에 민감하니 목소리를 낮추라는 등 마치 내 비위를 거스르려고 작정한 사람 같았다니까요. 그럴 때 나는 당신을 애처로워 보여야만 정상으로 여기는 측은지심 중독자로 치부하면서 참으려고 애를 썼어요.

하긴 당시 나는 신앙심을 바탕으로 한 봉사정신으로 나환자촌을 찾았다지만, 남들이 하지 않은 일을 한다는 자부심 또한 팽배해 있었죠. 당신은 그런 나의 태도가 비위에 거슬리는지 만사에 왜 그리 자신만만하냐고 물은 적이 있죠?

"난 겸손을 자랑하진 않아요. 겸손이란 내면에만 두어야지, 아니요 뭘요 하는 건 사실은 난 이렇게 겸손하기까지 해요라고 말하는 것과 똑같잖아요?" 내 주장에 어이없다는 듯 바라보는 당신에게 "이해하기 어렵죠? 곰곰이 잘 생각해 보세요." 쏘아붙여 주고 빠른 걸음으로 되돌아오면서 복수를 했다는 기쁨을 누렸죠.

언젠가 병원 앞 은행나무 아래에서, 당신의 정강이를 내가 걸어 차버린 적이 있지요? 아마 그날도 당신이 나의 잘못 중

무언가를 지적해서 내 자존심을 누그러뜨리려 했고 거기에 쉬 달아오르는 내 다혈질 성미가 튀어나와버린 탓이었겠죠.

다음날 점심시간, "화나면 사람을 발로 차는 게 아직 버릇은 아니죠? 이 멍 보여요?" 언제 다가왔는지 바로 옆에서 말하기에 마뜩찮게 뚱하니 바라보았죠. 당신 다리의 손바닥만한 시퍼런 멍을 보고는 어찌해야 하나 순간 난감했지요. 내 얼굴에 나타난 당혹감을 보았는지 목소리를 낮춰 심드렁하게 농담처럼 덧붙이더군요.

"닥터 최, 이 섬에 깡패과정 인턴 하러 들어왔어요? 부디 환자를 대상으로 연습하진 마세요."

"다리 정도 다친 걸로 무슨 엄살? 나는 어제, 영혼이 다쳤으니까. 손가락보다도 소중한 영혼이……기억해요? 환자들이나 우리나 똑같이 영혼이 사지보다 훠— 얼씬 더—어 중요해요."

그때까지도 화가 덜 풀려 새초롬하게 쏘아붙였죠. 지금은 당시 나를 화나게 했던 당신의 말이 구체적으로 어떤 내용이 었는지 기억이 안 나는 걸로 보아 별게 아니었던 것 같은데, 몇 개 안 되던 당신의 여름바지 하나를 발로 차서 구멍까지 내 버렸으니 그 시절 나도 어지간한 여자는 아니었나 봅니다. 어쨌든 당신은 그 후로도, 나에게만은 주로 골난 소년처럼 굴었 어요.

영혼의 맨살

그러던 어느 늦은 오후 "최윤희 선생님." 복도 끝 멀리서 당신이 큰 소리로 부르며 다가왔어요.

"이 시간에 웬일이죠?" 반가워하는 표정이 역력한 얼굴로 인사하는 당신을 보고 이 남자가 이제 나에게 좀 마음이 풀렸나 생각하며 되레 물었지요.

"다들 퇴근했는데 쌤은 웬일이죠?"

"응급환자가 있어서……."

"나도 환자가 있어서요."

이미 고개를 돌려 걸으며 시큰둥하게 대답했지요.

"열심인 것처럼 보이긴 하네요."

다시 또 나를 비꼬는 투의 말투에 짜증을 품고 멈춰서 올려다보니 당신은 어느새 언제나 나에게만 보이는 그 골난 소년으로 돌아가 있었지요. 그러면서도 지나가지 않고 계속 내 앞에 우두커니 서 있었죠. 큰 키가 앞을 막아 위압감을 느꼈지만 짜증이 난 김에 언젠가는 기어코 따져보리라 작정하고 벼르던 질문을 했지요. 큰 소리로 허심탄회함을 가장하면서 말이죠.

"쌤은 사람 돕는 것이 취미처럼 보이던데 왜 나에게는 그런 친절을 보이지 않죠?"

"닥터 최는 내 도움 같은 건 필요하지 않잖아요? 너무 당당해서."

무표정하게 나를 쳐다보며 퉁명스럽게 대답했어요.

"오호, 그럼 약자에게만 친절을 베푸나요? 그렇담, 그 친절이라는 것도 별거 아니었군요. 상대보다 더 우월하다는 자부심의 표현에 지나지 않으니까. 그렇게 사람 봐가며 동정심을 휘두르는 내면에는, 자만심이 굳어서 지금쯤 흑진주가 되어 있을걸요. 하긴, 교만이라는 부작용 없는 측은지심은 아마 예수님만 가질 수 있는 특권이겠죠? 사람은 동정도 자주 하다보면 중독이 돼요."

당신을 빤히 올려다보면서 말했지요. 당신은 내게 미소를 지으며 의외의 응대를 하는 것이었어요.

"말을 차—암 잘하시네요."

내 공격에 대한 당신의 맥 풀린 대꾸는 오히려 내게 패배감을 안겨주었지요. 샐쭉해져 고개를 빳빳이 세우고 뭐 이런 인간이 있어? 하는 내 생각을 의도적으로 얼굴에 내보이고는 당신을 지나쳐 몇 발자국을 걸어가는데 "잠깐—만요." 당신이 나를 불러 세웠지요. 되돌아서 뜨악하게 당신을 쳐다보고 있었겠지요. '그래 어디 대꾸해봐, 더 큰 한방을 날려 줄 테니' 생각하면서 말이죠.

"아직도 모르셨어요?" 당신은 특유의 우수 어린 눈빛으로 나를 바라보며 물었지요. 그리고 고개를 숙이더니 가벼운 한

숨을 쉬었어요. 의외의 당신 태도에 나는 그 자리에 서서 주시
했지요.

　"그것은, 그것은……. 내가, 최윤희 선생님을, 사랑하기 때
문입니다."

　상대인 내가 아니라, 허공에 대고 말하듯이 몇 걸음 앞에 시
선을 둔 채 수줍게 말했지요. 갑자기 가슴이 먹먹해지고, 눈물
이 나오려는 걸 겨우 참았습니다. 당신이 날 사랑한다는 말이,
내가 당신 같은 영혼을 가진 남자에게 사랑 받는다는 그 사실
이, 황홀하리만치 좋았어요.

　태풍이 몰아치던 그날 밤을 잊지 못할 거예요. 베라3호였던
가요? 섬이 태풍의 소용돌이 속에 삼켜진 밤이었지요. 바다와
인접해서인지 도시에서 보아왔던 태풍과는 비교할 수 없을 만
큼 거셌지요. 오후부터 시작된 비바람에 포위되어 전기도 수
돗물도 끊겨버린 상태로 섬 전체에 통행금지 상태였어요. 관
사 정원의 유자나무들이 뿌리째 뽑혀 날아다니더니 어두워지
자 섬은 세찬 바람 속에 아수라장이 되었어요. 나무 부러지는
소리, 날아다니는 물건들이 집의 외벽에 부딪혀 나는 요란한
굉음, 지붕의 기왓장이 바람에 뜯기어 날아다니고 칠흑 같은
어둠 속에서 나가지도 집에 있지도 못하는 상태가 되어버렸어

요. 집이 무너질지도 모른다고 생각하니 잠을 잘 수도 없고 거실에서 두려움에 떨고 있었지요. 긴장 속에서 비몽사몽간인데 현관문 두드리는 소리가 났어요.

비바람 속에 누가 찾아올 리도 없고 처음엔 부러진 나뭇가지가 문에 부딪힌 줄 알았지요. 그런데 내 이름을 부르는 소리, 아니 당신 목소리가 들려 서둘러 문을 열었지요. 세찬 비바람 속, 기와조각들과 부러진 나뭇가지들이 떠다니는 요란한 바람소리 속에서 시커멓고 거대한 체구가 달려들었어요. 나를 집 안으로 몰아넣은 당신이 나를 붙들고 서 있었지요. 온몸이 비에 젖고 머리에서는 빗방울이 떨어졌어요. 강도인 줄 알았다가 "무사하군요. 걱정이 돼서." 당신 목소리에 얼마나 마음이 놓이던지요.

"용감한 줄은 알지만 걱정이 돼서……."

'그래서, 그래서 이런 밤에 찾아왔나요? 이 태풍 속을, 이 빗속을…….'

나도 모르게 울컥했지요. 잔뜩 긴장했던 터라 위로가 되었는지 눈물이 나왔어요. 다행이 당신은 우리의 얼굴이 부딪쳤을 때 당신의 얼굴과 머리에서 떨어지는 빗물인 줄 알았겠지요.

"지금 환자촌에 가봐야 해요. 집이 무너졌나 봐요. 밖에 나오자 아수라장이고, 걱정이 돼서 나도 모르게 이곳으로 달려오고 말았네요.……"

"이런 상황에 어떻게 환자촌까지…… 나도 가봐야 하나요?"

"여자가 이런 밤에 어떻게 가요? 그렇잖아도 사무실에서 윤희 씨를 부를까봐 호출 전에 먼저 나왔어요. 내가 갈 테니 안전하게만 있어요. 그럼……."

그러면서도 당신은 계속 내 손을 잡은 채 나가지 않고 미적거렸지요.

"현관문을 잘 잠가요. 혹시 모르니 식탁 아래서 자고……."

"알다시피 난 지나치게 자신만만!"

"훗! 그 과도한 자신감! 그래도 밖에 나오면 안 돼! 호출이 온다고 해도 절대 안 돼요. 내가 대신 다 할 테니, 알겠죠?"

말하던 중 당신 손이 내 얼굴을 거쳐 머리를 쓰다듬다가 가볍게 알밤을 먹이고 돌아섰지요.

"잠깐만."

되돌아서는 당신을 불러 세워 품안에 안겼지요.

문을 나선 당신은 곧바로 비바람 속 언덕길을 달려 내려가고 나는 흡족함과 달콤한 여운에 젖어 현관에 서 있었어요. 갑자기 우지끈 쿵 꽝음을 내며 무너지는 소리가 들렸지요. 순간적으로 언덕 아래 있는 거대한 소나무가 넘어졌다는 생각이 들고 방금 그 길을 달려간 당신이……. 소나무는 내가 양팔로

도 안을 수 없을만한 덩치에 키는 족히 이십 미터는 넘어 보였
었죠. 그 나무가 넘어졌다면 당신이 바로 그 밑을 지나갈 시간
인데. 반사적으로 현관문을 밀치고 언덕 아래로 달렸어요. 넘
어진 거대한 나무가 길을 가로막고 누워 있었죠.

"어디 있어요? 어디 있어요?" 나무를 붙들고 칠흑 같은 어
둠을 향해 울부짖었지요. 세찬 비바람이 얼굴을 때리고 몸을
지탱할 수 없어 넘어진 소나무를 붙잡았는데, 나무는 누워서
도 들썩거려 내 몸을 덮칠 것 같았어요. 그러나 당신이 그 나
무 아래 깔려 있을지도 모른다는 두려움에 나는 정신을 차릴
수가 없었죠.

"어서 가, 빨리 들어가요. 빨리, 빨리!"

당신이 드러누운 나무 뒤쪽에서 외치는 소리를 들으니 정신
이 들고 그 안도감이라니. 그때야 머리 위로 부러진 나뭇가지
와 기왓장들이 날아다니고 있다는 걸 알았죠. 거의 기다시피
집으로 들어와서야 소나무에 찔린 손바닥이 따갑고 무엇에 맞
았는지 어깨가 찢겨 피가 흐름을 알 수 있었지요.

그날 밤 환자촌 집들이 몇 채 무너졌고 환자 두 사람이 죽는
사고가 있었기에 다음날 병원 분위기는 간밤 태풍이 쓸고 간
상흔에 흥분되어 있었어요. 당신도 다쳤더라는 수간호사님의
말에 황급히 당신 진료실로 달려갔지요. 진료 중임을 보고 다

영혼의 맨살

229

행이라고 생각하며 나오다 당신 목소리를 듣고 되돌아섰죠.

"절대로 나오지 말라고 신신당부해 놓았더니 1분도 안되어 밖에 튀어 나와요? 하여간……."

왼쪽 관자놀이에 거즈를 붙인 당신은 하룻밤 새 5년은 늙어 버렸고 피곤에 전 얼굴이었지만 내게 환한 웃음을 보내고 있었죠.

"이만큼보다도 소중한 한 영혼을 잃을까봐……."

두 손을 활짝 펼쳐 열손가락을 흔들며 늙어 보이는 5년만큼 더 멋져진 남자와 함께 웃었죠.

태풍사건 이후 당신과 나는 빠르게 가까워졌어요. 섬에 동이 터오면 당신은 내 관사에 와서 창문을 두드렸지요. 당신이 깨우는 아침이면 우리는 바닷가 언덕 위를 산책도 하고 해안가 모래사장 끝까지 조깅도 했죠.

내가 왜 당신을 떠나 섬을 나오게 됐는지 정확히는 모르실 거예요. 아마 내가 인생을 함께할 만큼 당신을 사랑하지 않았거나 그곳에서 헌신하며 살기에는 내 성격상 맞지 않았다고 여겼겠지요. 일부는 맞아요. 부정하진 않겠습니다.

소연이와 얘기를 나누게 된 것은 우연이었습니다. 지금 와서는 소연이 의도적으로 접근했을지도 모르겠다는 생각도 들지만, 설사 그렇다 해도 중요하지 않습니다.

주일날 저녁예배 후 소연이 "외과선생님, 관사에 놀러 가면 안돼요?" 자연스럽게 청했어요. 방을 둘이 쓰는 기숙사 생활이라 답답할 때 간호사들이 내 집에 와서 차를 마시거나 식사도 하고 가끔은 자고 가기도 했으니까요. 혼자 사는 집치고는 내 관사는 턱없이 컸었죠. 소연은 간호조무사 양성소 학생이었지요. 갓 고등학교를 졸업하고 왔으니 얼굴은 풋풋하고 귀염성이 넘쳤죠. 콧날이 높고 입술선이 뚜렷해서 시원해 보이는 예쁜 얼굴이었죠.

왼 손목에 넓은 팔찌가 눈에 띄어 "소연인 팔찌를 좋아하나 봐. 언제나 팔찌를 끼고 있던 것 같던데……." 값싼 플라스틱 팔찌를 보면서 물었지요. 소연이 입술을 지그시 깨물며 천천히 팔찌를 벗고 손목을 내 눈 아래 내밀었어요. 가로로 선명한 칼자국 상처였지요.

"왜 이런 짓을, 언제?"

"사는 게 쉽지 않았어요."

교사가 되기 위해 열심히 공부했었답니다. 농촌에서 가난에 쪼들렸지만 엄마가 대학에 합격하면 무슨 일이 있어도 보내준다고 약속했기에. 그런데 엄마가 갑자기 고 3때 자궁경부암으로 죽고 결국 대학에 가지 못했답니다.

"합격은 했는데, 엄마가 없으니 아버지는 새로 여자를 구하는 일에만 정신이 팔렸고…… 어차피 아버지는 술 마시는 일 말고는 한 일이 없어 도움이 안되던 사람이었어요. 너무 허탈하고 살기가 싫었어요. 그래서…… 그런데 흉터가 보기 흉하네요."

아직 볼이 젖살처럼 통통한 열여덟 살 소연의 말이었습니다.

"아버지가 억지로 이곳 양성소로 보냈어요. 이곳은 무료니까."

"이곳은 있을만 해?"

"그럼요. 아주 좋아요."

갑자기 소연의 목소리에 힘이 들어가고 이제까지와는 전혀 다른 표정으로 얼굴이 환해졌어요.

"사실은요, 처음에는 이곳에서도 맨날 죽을 생각만 했거든요. 바다에 빠져 죽을까도 생각해보고……."

"그런데 그렇게 공부를 열심히 해?"

소연이 양성소 학생 중 성적이 1등이라는 걸 알고 있었거든요.

"지금은 이곳이 아주 재미있어요. 가능하다면 이곳에서 환자들 치료하며 살고 싶어요."

소연이 당신 얘길 하더군요. 당신이 양성소 학생들에게 얼

유희
▬▬▬

마나 다정하게 대해 주는지. 그 아이가 당신 얘길 할 때 얼굴에 넘치는 삶의 희열…… 단번에 당신을 몹시 사랑하고 있다는 걸 알았답니다.

"그 선생님이 그렇게 좋아?"

내 물음에 소연은 큰 눈으로 나를 똑바로 보며 되물었어요.

"어떻게 그런 분을 사랑하지 않을 수 있겠어요?"

갑자기 소연의 눈에서 눈물방울이 볼 위로 흘러내리더군요.

"최윤희 선생님, 그분을 데려가지 마세요. 제발, 데리고 나가지만 말고 결혼해서 여기서 살아요. 우리가 그분을 바라볼 수 있도록……."

소리를 내서 엉엉 울더군요. 우리의 관계를 이미 알고 있었어요.

소연의 일이 일어난 것은 그로부터 약 두 달 이후였던 것으로 기억합니다.

그날 아침 당신의 모닝콜을 받고 아침산책을 나가는 길이었죠. 나는 새로 산 운동복으로 한껏 멋을 부리고 바닷가로 갔어요. 해수욕장 소나무 숲길에 있는 벤치 앞에서 늘 당신이 먼저 와 기다렸는데 그날은 보이지 않았어요. 아마 무슨 이벤트를 또 준비하고 있나보다 생각했죠. 전날 당신이 나를 보자마자 들꽃으로 만든 화관을 머리에 씌웠기 때문에. 클로버꽃 사이에 보랏빛 초롱꽃을 간간히 꽂아 멋스러웠죠. 아침이슬 머금은 클로버꽃의 상큼했던 향기가 지금도 느껴지는 듯해요.

벤치에 앉아 당신을 기다리기로 했지요. 동쪽 바다 끝에서 해가 나오려던 참이라 어스름이 물러가는 시간이었죠. 보랏빛이 어우러진 새벽바다에 군청색 그림자로 누군가가 바다에서 나오고 있는 모습이 보였어요. 군청색 그림자는 점점 형이 잡혀가고 당신의 모습으로 선명해졌지요. 당신이 여자를 안고 나오고 있더군요.

소연의 자살소동은 섬에 큰 파문을 일으켰죠. 마침 아침 운동을 나온 당신이 바다를 향해 들어가는 소연을 발견하고 달려들어가 생명을 구했다는 영웅담과 함께.

그 후 당신의 반복되는 구애에도 나는 거절할 수밖에 없었어요.

"내가 어떻게 이렇게 되었는지 모르겠어. 난 이곳이 좋았는데. 평생 이곳에 있으려고 했는데……. 그러나 이제, 윤희가 원하면 이곳을 나가겠어. 개업을 원하면 개업도 할 거고."

"쌤은 이곳이 아니면 견딜 수 없을 거예요."

"지금 나에겐 신념이나 취향은 별것 아니야. 윤희와 함께할 수 있다면 무엇이든 할 생각이오. 당신이 내게 어부가 되길 원하면 나는 어부가 될 것이요, 농부를 원하면 난 농부가 되겠소."

그러나 아무리 여러 번 생각해도 그 섬의 당신 자리를 대신할 사람은 이 세상 어디에도 없었습니다.

섬엔 대부분 간호사들이었으니까, 여자는 많으나 남자는 적었지요. 그래서 그곳엔 환자들뿐만 아니라, 젊고 아름다운 여인들의 외로움도 진하게 배어 있었죠. 특히나 그해 가을엔 간호사 한 명이 환자와 정분이 나 도망을 가기도 했고, 또 다른 간호사는 환자를 사랑하여 부모에게 결혼을 허락받으러 다녀오는 길에, 교통사고로 생명이 위독한 상태였어요. 함께 갔던 환자청년은 섬에 들어와 소나무에 목을 맸고요. 쉽게 짐작이 가는 일이지요. 한센병환자와 결혼하려는 딸에게 분노가 폭발한 부모는 청년의 자존심까지 헤아릴 여력이 없었겠지요. 모멸감에 지친 남자는 돌아오는 길에, 운전하던 트럭으로 함께 자살을 시도했었다고 하더군요.

그런 일이 일어나면 간호사들 사이에는 패배감과 슬픔이 깊게 어렸지요. 그들 대부분이 이십대의 꿈 많은 아가씨들이었으니까요. 그래서 당연하겠지만, 누구보다도 친절하고 다정한 당신이 그녀들의 힘이 되는 것은 자연스러운 일이었죠. 거기에 당신은 훤칠한 키에 준수한 외모까지 갖추었으니까.

얼마나 여러 명의 여인들이 당신을 흠모하는지 당신도, 나도 잘 알고 있었지요. 그래서 당신을 내가 독차지한다는 것은 해서는 안 될 일처럼 여겨졌었죠. 당신 말마따나 과도한 자신 감으로 무장한 이십대의 나였기에 그런 결론을 내렸는지도 모릅니다. 그 섬에 도움이 되고자 자원해서 찾아간 내가, 그녀들의 우상인 당신을 데리고 나옴으로써 섬에 또 한 번의 파문을 일으키고 싶지 않았어요. 그렇다고 그곳에서 당신을 그녀들과 나눠가질 수도 없었지요. 당신에 대한 내 애착 또한 그 섬의 어느 여인보다 컸으니까요.

당신을 그냥 그 자리에 놔둬야 할 것만 같았어요. 그러나 좀 더 들여다보면, 당신의 영혼에 비해 훨씬 가볍고 빈약한 내 영혼의 맨살을 당신 앞에 드러내기 두려워하는 자존심 때문이었을 수도 있습니다. 어느 여인에게나 친절한 당신의 태도가 마음에 걸린 것도 사실이니까요. 당신의 다정함이 오직 나에게만 향하기를 바라는 마음을 억누르기 어려웠습니다. 당신이 다가와 반가움과 기쁨이 가득 찬 얼굴로 나를 바라볼 때, 내 가슴이 일시에 얼마나 환해졌는지 모르실 겁니다. 진료실 복도에서, 공원에서, 그리고 퇴근하던 해변 길에서, 나를 보고 웃는 당신의 얼굴은 내게도 무엇보다 큰 기쁨이었지요.

기억하시나요? 언젠가 환자촌을 돌고 있을 때, 멀리서 당신이 내 이름을 부르며 달려왔지요. "여기서 뭐해요?" 아침에 본 나를 마치 몇 년 만에라도 만난 것처럼 호들갑스럽게 외치며 잡초 우거진 풀밭을 무찔러 왔지요. 난 그때 간호사들과 같이 있었기 때문에 "순회 검진 나왔죠 뭐." 싱겁게 말하고 돌아서서 당신을 멋쩍게 만들었지만, 그날 반가움에 넘쳐서 나를 바라보던 당신의 환한 얼굴을 삼십 년이 지난 지금도 기억하고 있습니다.

그러나 나는 당신을 현 간호사에게 밀어붙이기까지 했지요. 현 간호사도 당신을 사랑하고 있다는 것을 알고 있었고 그 섬에서 당신과 함께 환자들을 섬기며 살기에 어울려 보였거든요. 내가 그 섬을 떠나온 후 그녀는 선교사가 되어 아프리카에 나가 있다고 들었습니다. 그녀는 아름답게 그 길을 가고 있을 것입니다.

십여 년 전, 안나 수녀님의 소천 때 당신을 보았습니다. 꽃다운 소녀로 이국땅에 와서 한센병환자를 섬기다, 이제 그 섬의 서쪽 언덕에 눕는 수녀님의 일생을 리포터가 감동어린 목소리로 전하던 텔레비전에서였지요. 진지하고 슬픈 눈빛이 더 깊어졌더군요. 수녀님의 소천소식과 당신의 모습, 나도 모르게 눈물이 볼을 타고 내렸습니다. 눈물은 흘렸지만 마음은 그 섬의 봄날처럼 평온했습니다. '당신의 그 섬김이, 당신의 그 겸손이, 당신의 그 순종이, 당신의 그 사랑이, 천국에서 해같

영혼의 맨살

이 빛나리. 천사도 흠모하는 아름다운 그 모습.' 내가 떠나오던 해, 부활절 예배에서 현 간호사가 부른 찬양입니다. 나는 지금도 이 찬양을 들을 때마다 안나 수녀님과 마리아 수녀님, 현 간호사, 그리고 당신을 기억해냅니다. 그 섬에서 그때의 당신들은 천사도 흠모할 모습들이었지요. 천사도 흠모할 당신들은 전설이 되어 아직도 내 마음 깊숙이 마을을 이루고 살고 있습니다.

이제 이 모과를 집에 가지고 가, 차를 만들어 볼 생각입니다. 모과차 익을 때쯤이면 겨울이 오겠지요. 잘 익은 모과차를 끓여 마시다보면 내 마음에 자리잡은 당신들의 마을에 나도 모르게 또 가게 되겠지요.

수녀님이 주신 차를 당신과 마시던 때가 생각납니다. 말간 연노랑 빛이 도는 유리 찻잔을 손에 든 당신이, 내 눈과 마주칠 때 보이던 깊고 슬픈 눈빛도 떠오릅니다. 나는 이제 머리가 히끗히끗 해지기 시작했습니다. 세월은 누구에게나 공평하게 오는 것이므로 아마 당신도 그렇겠지요. 이제 내 내면의 맨얼굴도, 당신의 영혼을 마주볼 수 있을 만큼 세월 따라 조금은 성숙해졌을까요? ✈

— 2016년 『문학나무』 신인문학상. 2018년 신예작가–한국소설가협회 선정

유희

평설 _ 우한용 소설가, 서울대 명예교수

기대감으로 설레는 소설읽기

─ 김소래 『유희』의 소설적 자장

기대감으로 설레는 소설읽기
— 김소래 『유희』의 소설적 자장

숲길의 소설읽기

어떤 작가든지 그의 첫 작품집은 독자를 기대감에 가득 차게 한다. 첫 작품집을 내는 작가의 설렘이 독자에게 전이되어와서 기대감을 불러온다. 첫 작품집을 들고 읽기 시작할 때 신선한 숲의 기운으로 가득하게 마련이다. 나는 김소래의 첫 작품집 『유희』를 싱그럽고 낯선 숲으로 들어가는 기분으로 읽었다.

우리가 일상적으로 운용하는 언어는 시간의 먼지를 둘러쓰고 때가 끼기 마련이다. 낡은 문법에 안주하여 세상 그렇거니

하는 식으로 타성화된다. 타성화된 언어는 사유를 어느 방향으로 몰고가 사태를 있는 그대로 바라볼 수 없게 한다. 문학을 읽는 일은 감각의 때를 벗겨내는 자기정화의 작업이다.

문학을 읽는 일은 전신적 감각으로 작품에 다가가는 과정이다. 인간의 이야기인 소설은 감각, 정서, 논리, 윤리 등의 층위에서 인간을 역동적으로 요동치게 한다. 소설은 둔해진 감각을 살려주고, 청신한 정서를 내면에 마련하게 해준다. 소설은 우리들 일상을 버텨가는 각종의 힘이 어떤 원리로 작동하는가를 통찰하게 한다. 또한 삶의 지향점이 무엇이고 인간의 가치가 무엇인가를 생각하게 한다. 물론 그러한 생각을 강요하지 않는 게 소설이다. 우리는 소설가가 독자를 가르치려들면 책을 덮어버리기도 한다.

소설은 넓은 의미에서 인식을 확장하는 문화장치이다. 문화장치라는 말은 당대의 삶의 양식을 드러내 보여주며, 당대인들이 추구하는 지향점을 서사적으로 형상화한다는 뜻이다. 삶의 양식은 당대인이 공유하는 것이기 때문에 소설은 연대성을 촉발하는 장치가 되기도 한다. 아울러 당대의 지향성이 무엇인지를 섬세하게 그려나가는 게 소설이다. 물론 앞서 나가면서 선언하고 격발하는 역할은 애써서 자제하는 게 소설이다. 그래서 소설에서는 결말이 대개 열려 있다.

김소래 소설의 몇 가지 특징적인 면모를 드러내 보기로 한다. 이는 독자로서의 감상이기도 하고, 동료로서 작가에게 드리는 충언이기도 하다.

김소래의 소설은 결이 곱다

소설을 읽고나서 뒤에 남는 것은 전체적인 인상이다. 스토리를 추출한다든지, 인물 유형을 정리하는 일, 플롯을 재구성하는 작업, 서술방법을 포함한 시점의 효율성 등을 따지는 일은 독서행위에 대해 사후적(事後的, post hoc)이다. 사후적이란 추상적 논리화를 뜻한다. 따져보아야 한다는 뜻이다. 인상은 따져보기 이전에 신체적 전심감각으로 온다. 이는 언어운용에서 양태범주에 속한다. 언어의 양태범주는 화자의 태도, 심리추이, 의지의 발현 등을 표현한다. 이는 시제로 표현되는 논리와는 다른 범주이다. 다음과 같은 예를 보기로 한다.

오늘 아침 출근길에 모과 하나를 주워왔습니다. 아직 연둣빛이 감돌긴 했지만 노란빛이 고른 그런대로 잘 익은 모과입니다. 병원 뒤편에 있는 주차장 귀퉁이에 모과나무 한 그루가 서 있습니다.

유희

주차차량들이 내뿜는 매연에 시달리면서도 용케 살아내는 기특한 나무입니다. 해거리를 하는지 올봄엔 꽃도 몇 송이 올리지 못했었는데, 그래도 가을이라고 몇 개 튼실한 모과를 달고 있습니다. 그 중 하나가 주차장 시멘트 바닥에 떨어져 뒹굴고 있기에 가져왔습니다. 행여 자동차바퀴에 짓이겨지기라도 하면, 애써 꽃을 피우고 열매를 키워온 모과나무가 내려다보면서 안타까워 할 것이라는 생각도 언뜻 했지요. …(중략)…

모과는 못생기고 흠이 많을수록 향이 좋다던데 이 모과는 꽤 말끔합니다. 하긴 말끔한 모과인들 그리 곱기야 하겠습니까? 굴곡이 조금 덜한 정도지요. 그러나 분명 색깔만큼은 아주 곱습니다. 간간이 박혀 있는 진갈색 흠집이 노란 빛깔을 더욱 선명하게 하고, 배어 나온 진에 유분기가 있어서인지 표면이 반들거려 모과가 마치 빛을 내고 있는 것 같습니다.

의자에 비스듬히 기대어 바라보았기 때문일까요? 나는 모과의 생김새보다는 모과가 내는 빛을 바라보다가, 어느새 퇴락한 붉은 벽돌건물을 떠올리고, 그 앞에 서 있던 늙은 은행나무 위로 햇살이 쏟아지던 가을 오후의 그 섬에 가 있습니다.

— 「영혼의 맨살」

이 작품의 첫 문장을 뜯어보기로 한다. "오늘 아침 출근길에 모과 하나를 주워왔습니다." 시공간이 '오늘아침 출근길'로 설정되어 있다. '모과'는 출근길과 어울리는 사물이 아니다. 따라서 일상을 벗어나는 모티프를 예상하게 한다. 서술어 '주워왔습니다'는 이 문장에서 생략된 혹은 전제된 사항을 암시한다. 누군가에게 오늘 아침에 있었던 일을 보고하는 내용이다. 그리고 그는 평어로 이야기하기 어려운 대상이다. 모과를 매개로 하여 그 누구에게 어떤 일을 이야기하는 소설이라는 것을 알게 하는 양태범주가 그렇게 전개된다.

이어서 모과의 빛깔이며 모양을 묘사한다. 일상 속에 잊고 지냈던 대상(모과나무)을 발견하게 된다. 매연에 시달리면서도 용케 살아난 나무, 그래서 기특하다는 감정이입이 이루어진다. 봄에 꽃이 부실했던 데 비하면, 계절을 어기지 않고 제법 튼실한 모과가 달렸다. 역경에서도 자기실현을 하는 식물, 모과나무에 대한 주관적 공감은 독자에게 다른 주관적 공감을 이끌어오게 한다. 모과나무는 의인화의 지경에 이른다. 자기 열매가 자동차바퀴에 '짓이겨질 것'을 안타까워할까봐 모과를 주워왔다는 것이다. 이러한 의인법적 사고와 모과를 매개로 한 추억을 엮어가는 것이 이 작품이다.

모과의 모양과 빛깔에 대한 감성적 수용 과정에서, 30년 전의 추억을 불러와 서술하는 과정에서 소설이 전개된다. 소설로 들어가는 외관에 배치한 모과 모티프는, 예외적인 일을 기대하게 하고, 특히 모과의 빛깔로 인해 "어느새 퇴색한 붉은 벽돌건물을 떠올리고, 그 앞에 서 있던 늙은 은행나무 위로 햇살이 쏟아지던 가을 오후의 그 섬에 가 있습니다."라고 회상하며, 자연스럽게 사건을 전개해 나아간다.

소설의 결이 곱다는 것은 작중인물들의 삶이 결이 곱다는 뜻이기도 하다. 삶이란 의식주에서 배어나오는 정성과 마음의 결을 대동하게 마련이다. 다른 말로 하면 삶의 향기와 같은 것이다. 입성에 대한 묘사에서도 결이 고운 문장들을 만날 수 있다. 이육사의 청포도에 나오는 내가 바라는 손님은 고달픈 몸으로 청포(靑袍)를 입고 찾아온다고 했으니…… 하는 구절이 떠오른다. 다음과 같은 예를 보기로 한다.

봄이면 섬집 여자는 광목을 떠다 쪽물을 들였다. 짙은 잉크색 물이 뚝뚝 떨어지는 광목이 섬집 마당에 가득 널리는 며칠이 지나면, 옷 짓는 재봉틀 소리가 요란하게 들려왔다. 지금이야 천연염료 염색을 고급으로 여기지만 당시는 새로 나온 합섬섬유에 열광하던 시대였다. 그러므로 마을에서 섬집 말고는 누구도 쪽물 같은 것을 들일 생각도 안 했고 옷을 직접 만들어 입지도 않았다. 쪽물들인 무명은 구식이며 촌스러움으로 치부됐었다. 그러나 섬집 여자는 해마다 광목을 떠다 쪽물을 들여 금옥과 자신을 위해 허리춤에 잔주름을 넣어 치마도 만들고 아들 은욱과 남편 황씨에게는 남방을 지어 입혔다. 섬집 여자와 금옥이 입은 쪽물 치마는 언제나 꾀죄죄하고 후줄근했지만 은욱과 황씨의 쪽빛 남방은 정갈했다. 특히 아들 은욱의 풀 먹인 남방은 언제나 잘 다림질되어 있었다.

　　—「섬집 여자」

　작중인물이 식구들을 대하는 정성 가운데 결고운 삶이 형상화되어 있다. 결이 곱다는 말의 건너편에 '거칠다'는 말이 놓인다. 거칠다는 것은 형상화가 덜되어 있다는 뜻이다.

　김소래의 작품을 읽으면서 결이 고운 소설을 만나는 것은 독자의 즐거움 중 하나다. 특히 우직하고 거친 소설들이 판을 치는 세태에 초연하게 거리를 취하고 있는 김소래 소설의 그 '결고움'만으로도 소설판의 한 자리를 차지할 만한 가치가 있다.

김소래의 소설은 '인생'을 이야기한다

　소설은 인생사의 서사적 형상화이다. 인생이란 그동안 단편

소설의 '시학'인 양 강조되곤 했던, '삶의 단편'에 맞서는 개념이다. 단편이 아니라 전체 인생을 이야기하기 위해서는 한 인간의 생애 전체를 다루어야 한다. 단편에서 어느 인생 전체를 다루기는 매우 어려운 과제이다. 부분을 통해 전체를 유추할 수 있는 구도를 짜야 하기 때문이다.

삶의 단편만으로는 서사를 구성하기 어렵다. 인생을 이야기하는 서사는 장대한 길이를 가져야 한다. 최소한 탄생과 성장, 성패가 엇갈리는 활동, 그리고 생애의 마무리가 포함되어야 하기 때문이다. 그리고 그러한 생애들이 복합적으로 겹쳐져야 인생의 서사가 된다. 장대한 길이에 해당하는 내용을 짧은 길이 가운데 압축하다 보면 구체성이 떨어진다. 구체성이 떨어지는 이유 가운데 하나는 우연적 요인이 작용하기 때문이다.

소설에서는 우연적 요인으로 점철된 인생을 필연적인 해석의 구도로 변조한다. 최소한 인생사를 설명 가능한 서사체로 만드는 작업이 소설이다. 달리 말하자면 소설은 인생을 조리 정연하게 재구성하는 작업이다. 「섬집 여자」는 엇갈리고 뒤틀린 인생들을 교직해서 구성하여 '인생'을 이야기하는 작품이다.

결혼해서 아이 둘을 낳아 기르면서 대학에 자리를 잡기 위해 애면글면 애쓰는 여성 독문학자가 있다. 같이 독문학을 하던 남편이 젊은 조교와 놀아나는 통에 이혼하고 혼자서 두 아이를 데리고 집안을 꾸려나간다. 어느 날 전철에서 어떤 남성을 만난다. 자기에게 말을 걸듯 말듯 다가오다가 헤어진 남성이, 자기에게 목각 브로치를 선물로 준 '은욱'이 아닐까 짐작하게 되는 것은 김치찌개를 태우는 게 계기가 된다. 이 인물의 어릴 때의 기억, 어머니를 비롯한 오빠한테 들은 이야기, 친구로 지냈던 '금옥'이 전화를 해서 전해주는 이야기 등을 통해 복잡한, 그래서 우연으로 점철된 것 같은 인간사를 통일성있게 동기화하고 있다. 통일성 있는 동기화를 통해 인생사 그렇게 흘러가기도 한다는 데 공감하게 된다.

인생사는, 어느 정도 지긋한 나이가 되어야 비로소 몇 문장으로 정리되는 특징을 지닌 듯하다. 경험이 가져다주는 지혜의 속성이 그러하다. 이 나이 되도록 살아보니 그렇더라, 하는 이야기는 큰 깨달음으로 다가오기도 한다. 고단하게 사는 딸이 어머니를 찾아가 이야기를 나누는 장면은 이렇게 되어 있다.

사실 그때 내 생활이라는 것이 새로 시작된 박사과정에 다섯 살난 큰아이와 돌쟁이 둘째까지 돌봐야 했으니 몸이 서너 개는 되어야 할 판이었다. 할일은 많은데다 같이 공부에 매달리는 벌이 시원찮은 남편, 원하는 것 많은 시댁으로 인한 스트레스 또한 만만 찮은 터라, 내 얼굴은 며칠 굶은 족제비마냥 마른 광대뼈에 퀭한 눈빛만 번득이고 있었을 것이다.

"너 섬집 여자 기억허냐? 열심이라면 그 사람 따라갈 사람 나는 아직 못 봤다. 그런디, 뭐 좋은 것 있디야? 그러니 그렇게 고드락 파드락 살 필요 없는 것이여. 꼭 해야 될 일만 허고, 나둬불고 살 아도 인생 다 굴러가는 것이여……."

"금옥이 엄마 살던 시대와 지금은 다르잖아요? 지금은 모두가 나처럼 바쁘게 살아, 엄마."

"시대가 다르긴? 외양만 쪼—께 다르지 자세히 바라보믄 다 거 기서 거긴 거여, 세상살이라는 것이 어린애가 자라나 짝 만나 결 혼허고, 자식 낳고 키워서, 그 자식이 지 밥 먹고 살게 만드는 것 아니냐? 그것만 해내면 인생 다녀간 몫은 해낸 거다. 금옥 엄마 야, 본 남편 잃게 되어 인생이 꼬이기 시작혀서, 그 은욱이란 몹쓸 자식까지 행방불명으로 험하게 된 것이다만, 그렇다 해도 그렇게 억척 안 부려도 세월은 다 갔을 것인디, 왜 그리 억척을 부렸는지 모르것다. 그러니 너도 박사도 좋고 교수도 좋다만, 너무 일등 헐 라고 허지 말고, 앞서기 좋아 허는 지그들이나 허라고 놔도불고, 쉬어감서 대충 혀라."

　　—「섬집 여자」

평설
▦▦▦

까짓거 인생 별거여, 하면서 입담좋은 친구가 이야기할 법한 내용이다. 그럼에도 이 대목을 다시 음미하게 되는 데는 까닭이 있다. 섬집 여자로 드러나는 어떤 '인생'을 이 대목이 요약하고 있기 때문이다. 더구나 섬집 여자와 연관된 하고 많은 이야기와, 그 이야기 속에 남모르는 이해를 하는 어머니가 정리하는 인생 이야기이기 때문에 실감을 가지게 된다.

이 작품에서 독자는 열린 가능성에 주목하게 된다. 이혼하고 혼자 사는 나에게, 나의 친구였던 섬집 여자의 딸 금옥이가 전화로 전해준 내용이 그 가능성을 암시한다. 자기 오빠가 '서울에 있다'는 그 전화. 그 전화 앞에 금옥의 오빠 은욱이 전해준 목각 브로치가 있다. 자칫 그냥 그렇게 흘러감직한 인생의 이야기를 목각 브로우치라는 소도구가 통일성 있는 구조로 엮어 준다. 연관이 별로 없는 듯한 인생이 그런 허구적 장치를 통해 통일성을 얻게 되는 것을 우리는, 소설적 형상화라고 하는 것이다.

김소래의 소설은 서사의욕으로 가득하다

서사의욕은 소재를 발굴하는 능력과 맞닿아 있다. 소설을 읽다보면, 어 이런 것도 소설이 되네!, 하고 감탄하는 경우가 종종 있다. 딸이 결혼 상대자로 가난하고 별 볼 일 없는 남자를 데리고 왔을 때, 소정은 자신의 젊은 시절 고단한 삶을 기억하고는 결혼을 허락하지 않는다. 자식 이기는 부모 없다듯이 결국은 딸의 고집을 꺾지 못한다. 거기서 느낀 실망으로 딸 상견례에 참여하지 않기로 한다. 그러다가 시어머니의 생애를 반추하는 과정에서 얻은 결론 끝에 딸 상견례에 참여하기로 함으로써 인생을 이해하는 삶의 구조를 보여준다. 문득 다가오는 인생의 깨달음인 셈이다.

「판피프 판피프」이란 작품은 서사의욕이 어떻게 소설로 형상화되는가를 잘 보여주는 예가 된다.

25년간 애를 삭이지 못하면서 함께 살아온 시어머니가 있다. 그 시어머니는 남편이 두 살 때 청상이 되었다. 어느 날 시어머니가 구식 손수건에 싸서 간직하던 사진을 발견한다. 그리고는 남편(시아버지)을 잊지 못하는구나, 생각한다. 사진을 다시 본다. 그것은 시아버지가 아니라 시 작은아버지의 사진이었다.

"남편이 기억하는 아버지는 관연 그의 아버지였을까?" 하는 의문에 휩싸인다. 그게 이부자리에 대해 유난히 까다로운 시어머니의 '비밀'인 셈이다. 작가는 그 비밀은 슬그머니 감춰놓고 능청을 부린다. 이부자리 빨아 다루는 이야기며, 시어머니의 동서 도란여사가 찾아와 일 주일씩 묵다가 가는 이야기 등으로 이야기를 엮어간다.

소설은 그렇게 진행되다가, 시어머니 송여사가 "별난 시어머니는 아니었다."는 점을 이야기한 다음, 딸의 결혼 문제와 연관된 대목을 앞두고 이런 장면이 서술된다.

11월 하순 토요일 밤이었다.

며칠 가벼운 감기증세로 일찍 잠자리에 들었던 송여사가 밤 10시쯤 소정을 불렀다.

"물 갖다 드려요?" 방문을 열고 서서 소정이 묻자 "이리 들어와 봐라." 잠자리에 누운 시어머니가 소정에게 손짓했다. 소정은 다가가 시어머니 요 옆에 앉았다.

"오늘밤만 이 방에서 함께 자주면 안 되겠니?"

"아직도 감기기운 있으세요? 판피프 드시지 않았어요?"

"오늘은 판피프를 먹어도 힘이 없네. 저기 구석에 서 있는 것 말이다. 저게 오늘 오후부터 가지 않고 그 자리에 있구나."

송여사의 여윈 손이 가리키는 구석을 바라보았다. 옷가지 몇 개가 걸린 옷걸이가 서 있었다. 소정은 연로한 시어머니가 며칠 감기몸살로 기운이 없어서 옷걸이가 무슨 형체로 보이나보다 생각했다. 어린 시절에 일찍 잠이 깬 새벽에 눈을 뜨면 방에 걸린 옷가지들이 갖가지 이상한 흉물로 보이고 때론 그것들이 움직이기도 했던 기억을 갖고 있기 때문이다.

"그래요. 어머니, 오늘은 제가 같이 자 드릴게요." 흔쾌히 대답한 소정이 손님용 이불을 장롱에서 꺼내 시어머니 요 옆에 깔았다. 새로 잘 꾸며진 이불홑청에서 목욕시킨 아기 지은이에게서 나던 기분 좋은 향내가 났다. 소정이 옆에 눕자 송여사는 손을 뻗어 살며시 소정의 손을 잡았다. 노인의 손은 차갑고 건조하여 마른 낙엽처럼 쉬 부서질 것 같았다. 애잔함으로 소정의 가슴이 쏴 해졌다. 소정은 송여사의 손을 다른 손으로 덮어 쥐어 따뜻하게 감쌌다. "고맙다." 송여사는 들릴 듯 말 듯 혼잣말하듯이 말했다.

잠시 후 희미하지만 고른 노인의 숨소리를 들으며 소정도 꿈으로 들어갔다. 그날 밤 그렇게 소정의 손을 잡고 잠이 든 송여사는 다시는 깨어나지 않았다.

—「판피프 판피프」

한 인간의 생애를 마무리하는 장면에서, 어떤 생애에 대한 이해와 화해 혹은 용서가 동반되지 않는다면, 얼마나 삭막한 삶이 될 것인가. 생애 마지막 장면에서 이루어지는 화해는 살아 있는 사람들의 삶의 길을 터주는, 재생제의와도 같은 의미를 지닌다. 고생하고 살 것이 뻔한 결혼을 그게 삶의 깊은 뜻을 지닌 일이기 때문에 허용할 수밖에 없는 그 자리에 겹쳐지는 깨달음은 오랜 시련을 거친 것이기 때문에 짙은 울림으로 다가온다.

작은 모티프를 소설로 만들어내는 의욕, 그게 서사의욕이다. 서사의욕은 소설가의 근원적 욕망이다. 서사의욕은 이야기를 만들어내는 데서 그치는 게 아니라 삶에 완결성을 부여하고자 하는 의욕이다. 완결되지 않는 삶을 바라보면서 완결성을 생각하는 것은 모순된 시도일지 모른다. 그러나 그 모순된 시도가 소설가의 기본 의욕이라면 이는 피할 수 없는 소설가의 짐이기도 하다.

김소래의 소설은 인간의 '진정성'을 추구한다

고향은 비애를 품은 꿈이다. 그래서 그게 무지개이긴 무지개인데 '무채색'으로 그려지는 무지개이다. 인간의 구원한 꿈으로 그려지는 낙원이 아무데도 존재하지 않는 곳이란 뜻의 유토피아(Utopia)로 명명되는 것은 고향의 본성에 대한 은유적 표현이다. 그리는 고향과 현실로 존재하는 고향은 늘 등을 맞대고 배반의 서글픈 눈길을 던진다. 「무채색 무지개」는 작가가 소설적으로 파악한 고향이다. 정지용은 '고향'을 이렇게 노래한다.

고향에 고향에 돌아와도/ 그리던 고향은 아니러뇨//
산꽁이 알을 품고/ 뻐꾸기 제철에 울건만,//
마음은 제고향 지니지 않고/ 머언 항구로 떠도는 구름.//
오늘도 메끝에 홀로 오르니/ 흰점 꽃이 인정스레 웃고,//
어린 시절에 불던 풀피리 소리 아니 나고/ 메마른 입술에 쓰디쓰다.//
고향에 고향에 돌아와도/ 그리던 하늘만이 높푸르구나.

'그리던 고향'과 '머언 항구로 떠도는 구름' 같은 자아 사이에 시간의 구렁이 가로놓여 있다. 나이를 먹는다는 것, 현실을 살아가는 인간이 된다는 것 그것은 비애일 수밖에 없다.

소설은 인간의 가치있는 삶이란 무엇인가 하는 데 대한 진지한 물음이다. 시간과 더불어 마멸되고 주저앉는 인간의 삶을 반성적으로 되돌아보고, 인간의 삶이 어떠해야 하는가를 따져보는 것이 소설이다. 이는 현실에 안주하려는 인간 본능에 대한 저항을 뜻한다. 안주에 대한 저항은 시간에 대한 거역이란 의미를 지닌다.

　친구 모친의 부고를 받고 고향을 찾아간다. 고향의 내력을 훑어내리기도 하고, 고향에서 겪은 어린 시절의 추억을 되돌아보기도 한다. 문상을 하고 나서 고향 선배가 개업하고 있는 병원을 찾아간다. 중고등학교 때부터 오누이처럼, 혹은 젊은 시절 사랑의 대상이 되었던 석준과의 추억이 전개된다. 준재였던 강석준이 의대를 졸업하고 산부인과 전문의로서 병원을 개원했다. 그러나 저출산의 시세를 따라 산부인과가 인기를 잃자 성형외과로 전환하여 영업을 하고 있다. 투자한 이야기, 돈을 얼마나 벌었는가 묻기도 하고, 서울에 아이들 학교 보내 돈 들어가는 이야기 등 세속적인 이야기만 늘어놓는 옛 선배 석준. 그는 아이들과 아내가 서울에서 생활하는 공간의 괴리에서 도덕감정이 느슨해져 한식당 마담에게 추파를 보내기도 한다. 그것은 자신에게 규모 있는 사랑을 보였던 석준에 대한 일종의 배반감으로 다가온다. 석준의 변화에 비애를 느끼면서 "입만 열면 돈타령인 그가, 예전의 그 수채화 속 소년 같던 강석준과 여간해서 겹쳐지지 않았고, 점차 오목가슴 아래가 답답해 오기 시작했다. 뭐라도 그에게 비위를 맞추고 빨리 얘기의 방향을 돌리고 싶었다." 강석준과 헤어져 나오는 길에 스마트폰을 가지고 노는 애들을 발견하고는, "인생이 채색되어 보이는 것은 저 아이들 또래까지만 가능할 까?" 하는 상념에 빠진다.

　누구나 한번쯤 그렇게 느꼈음직한 소재는 다루기가 매우 까다롭다. 고향, 젊은 시절, 청운의 꿈, 나이먹음, 거역할 수 없는 시간의 물결, 필연적으로 따라오는 비애감정…… 그렇게 연상망이 펼쳐지는 고향을 유다르게 다루는 방법은 무엇인가. 인간적 가치를 옹호하기 위해 전개하는 이야기라도 일상적 연상망을 벗어나는 소설쓰기를 해야 하는 부담은 여전히 작가의 몫으로 남는다.

　인간의 진정성을 다루는 다른 방식으로는, 진정성이 어떻게 훼손되는가를 보여주면서 그 맥락에서 벗어나는 이야기를 전개하는 것이다. 「스토리 유희」에서 우리는 그러한 예를 볼 수 있다. 수사를 진행하는 형사와 피의자 사이. 유치원 교사가 남자아이의 사타구니를 더듬었다는 게 피의사실. 수사를 진행하는 과정에서 과거에 자신들이 당한 아동성추행의 경험이 중첩되어 펼쳐진다. 그러한 경험을 공유한 피의자와 형사가 이해를 통한 사랑의 감정으로 만날 수 있는 계기까지만 이야기를 전개하고 소설은 결말이 난다. 그런 점에서 아이러니적 형식의 소설로 읽힌다.

　인간의 진정성을 다루는 작가는 자칫 주제를 날것으로 드러내기 쉽다. 훼손되는 진정성만 안타깝고 나름의 비판적 대안을 가지고 있지 못한 독자는 작가의 주제 노출을 오히려 반겨할 수도 있다. 그러나 현명한 독자들은 거기까지 서술하는 것이 작가의 의무라고 생각하지 않는다. 수사가 마무리될 무렵, 형사가 피의자에게 묻는다. "이건 개인적인 질문인데, 그런 불행한 사건들은 보통 사람을 더 독하게 만들지 않나요? 열악한 환경에서 살아남으려면 사람이 저절로 강해지는데……." 피의자는 대답한다. "독해지는 것과 강해지는 것은 다르죠." 형사는 대답한다. "엄밀히 말하면 그렇겠군요." 소영이 자신의 말을 정정해 주는 것에 흠칫하며 이 형사는 어정쩡하게 대답했다.

형사는 직업상 '정확하고 절제된 표현'을 해야 한다. 그리고 그것은 그의 자부심이었다. 형사가 '긴장을 놓았나 보다.' 생각하고 있을 때, 피의자(김소영)가 끼어들어 이렇게 설교조의 이야기를 한다.

"환경이 아무리 열악해도 한 사람만 있다면, 관심을 주는 한 사람만 있다면……. 저에게 명훈아저씨가 있었고, 가람에게도 그런 사람이 필요하지 않겠어요? 어둠속에서 빛은 더 강하게 느껴지죠. 아세요? 사람은 악보다 선에 더 쉽게 매료되고 사랑이 전염된다는 것?"

인위 인용문 다음에도 몇 구절 격언구가 나온다. "통속적인
잣대는 의외로 설득력이 강하다."는 구절이다. 소설의 윤리는
작가의 윤리가 아니라 작중인물의 윤리라고 한다. 작중인물이
이르는 깨달음의 꼭대기, 거기까지만 서술하는 작가의 자기통
제가 있어야 인간의 진정성을 소설적으로 형상화할 수 있는
게 아닌가.

김소래의 소설은 변화의 속도를 감당한다

소설을 장르적으로 연구한 이들은 '소설은 늘 새롭다'고 한
다. 나아가 소설은 늘 새로워야 한다는 데로 나아간다. 소설이
새롭다는 것은 두 가지 의미를 지니는 듯하다. 소설은 인간사
를 서사적으로 형상화하는 작업이다. 인간사는 사회를 바탕으
로 이루어지는 인간의 삶이다. 사회의 변화에 따라 인간의 삶
은 변할 수밖에 없다. 소설양식은 사회와 끊을 수 없는 연관을
지니기 마련이다. 사회가 변하면 소설도 변해야 한다.
소설 내적으로는 이른바 '소설문법'의 변화를 부단히 추구

하는 데서 소설은 새롭게 된다. 소설은 보통사람과 그 이하의 인간을 다룸으로써 영웅을 주인공으로 다루던 역사에서 독립 선언을 했다. 서사로서 이른바 줄거리가 분명한 이야기를 다루던 소설은, 그 줄거리를 버림으로써 새로운 소설— 누보 로망—이 되었다. 인간의 행동보다는 심리심층에 가라앉은 무의식의 세계를 다룸으로써 근대소설의 리얼리즘을 극복하는 가능성을 열어갔다.

사회의 변화는 일차적으로 소설의 소재를 새롭게 해 준다. 파트너 로봇이 우리사회에서 어떻게 등장하고 인간관계를 어떻게 바꾸어 놓는가 하는 진중한 문제를 다루고 있는 「마이 디어 다나」는 초현대적인 소재를 소설로 다룬 사례이다. 인간이 인간과 만나 변화를 가져오고 그 변화 가운데 삶을 이어가는 안정된 세계, 혹은 그러한 세계에 대한 염원을 그리고 있는 작품이 「여자가 그를 느낄 때」이다. 거기서는 사람과 사람이 만나 이해를 촉구하고 이해의 결과는 남녀의 만남을 가능하게 하는 세계를 그리고 있다. 거기 비하면 「마이 디어 다나」는 인간의 대용물이 생활의 현장으로 들어와 인간을 대신하는 세계를 그리고 있다. 소재의 새로움에 비하면 세상을 바라보는 시각은 여전히 전통적인 사고에 기대고 있다고 보인다.

유희

사실 그들은 여자를 어떻게 대할지 묘연했다. 조금 진한 농담을 하거나 손끝만 닿아도 해석하기에 따라 성희롱범이나 추행범이란 누명까지 덮어쓸 수도 있어 조심스러울 뿐 아니라, 다나가 있어서 여자가 크게 필요하다고 느끼지 않아서인지 여자들과 동료 이외의 관계를 시도하지도 않았다.

"이제 당신들의 영혼이 굳어 플라스틱이 되어가기 때문이야. 화석? 박제? 에이 뭐라고 불러야 할지 모르겠네. 형씨들이 그깟 플라스틱 로봇을 연인으로 삼으니 감정이 박제가 되어가지. 연인이 몸만 섞으면 연인인가? 정확히 말하면 몸 섞는 것도 아니지. 플라스틱에 네 정액이 스며들 리가 없지. 인간은 인간과 몸으로, 마음으로, 영혼으로 교류가 필요해 이 친구들아!"

― 「마이 디어 다나」

인간이 인간과 관계를 맺자면 얼마간의 부담과 책임 나아가 상처 그런 것을 용인해야 한다. 작중인물의 입을 빌려 하는 말이기는 하지만, 4차산업 시대에도 '몸과 마음과 영혼'을 통한 교섭은 여전히 유의미하고 중요하다는 메시지를 전하고 있는 대목이다.

세상의 변화를 따라갈 것인가 거부하고 저항할 것인가 하는 물음은 너무 경직된 것인지도 모른다. 환경과 인간의 조율이

평설

있어야 한다면, 그 방법은 좀 더 높은 차원에 사태를 조망하는 것이라야 할 터이다. 작가가 양분법으로 빠져 논리를 단순화한다면 분별의 섬세성을 요하는 소설에서 후퇴하는 격이 될 것이다.

소설의 길은 늘 미래를 향해 열려 있다

인간 가능성에 대한 믿음이 소설의 신념이다. 인간의 가능성은 신적인 극과 야수적인 극 양편에 걸쳐 있는 일종의 스펙트럼이다. 심약한 인간이 방황하는 내면을 그리는 데서부터 역사의 중요한 고비에나 체험할 수 있는 중대사에 이르기까지, 소설의 스펙트럼은 대단히 넓다. 따라서 소설이 무엇인지 규정하기가 대단히 어렵다. 그러나 이야기를 본능 차원에서 운용해온 인간으로서는 소설을 간단히 버리지 못한다. 그것은 일종의 생의 에너지이기 때문이다.

소설은 서사시의 근대적 양식으로 규정된다. 시대가 근대를 지나 포스트모던 시대로 치닫고 있는 상황에서 '근대'의 화신인 소설을 붙들고 씨름하는 격이다. 소설은 근대와 더불어 흥성하다가 근대의 종언과 함께 사라질 수 있다. 다만 이야기 혹은 서사는 남는다. 그게 어떤 형태로 변전을 거듭할지는 알 수 없다. 포스트모던 시대의 특징 가운데 하나가 전망을 할 수 없다는 것이라면, 이야기 혹은 서사의 미래형을 그려보기는 쉽지 않다. 다만 소설이 일종의 문화적 실천의 양태라는 점에 기대어 논의를 진행할 수는 있을 것이다.

문화는 복선적으로 시차적으로 진행된다. 여러 가닥의 문화 현상이 동시적으로 진행되어 나간다. 아울러 장르의 중심은 소장消長을 반복한다. 반복이라기보다는 변신을 거듭한다고 보는 게 옳다. 소설도 마찬가지이다. 한때 장편을 지나 대하소설roman fleuve이 유행한 적이 있다. 그런 추세는 거의 사라졌다. 지금은 장편도 200페이지 남짓한 경장편輕長篇이 널리 보급된다. 단편의 길이가 다시 줄어드는 추세이다. 짧은소설 혹은 스마트소설이 시도되고 있다. 이러한 변화는 아예 소설의 기본조건으로 알고 있는 허구성마저 옆으로 세쳐놓게 되었다. 소설 속에 비평이 개입되는 것은 오래된 이야기이다. 이러한 사태는 허구와 사실의 양분법을 넘어서는 사유의 진전이라 할 수도 있다.

거듭하거니와 소설은 새로워야 한다. 그런데 소재는 새로운 것을 찾기가 쉽지를 않다. 플롯을 이전과 달리 구성하는 일 또한 졸연치 않다. 의식을 새롭게 하고 새로워진 의식을 신선한 언어로 형상화하는 일이 가능성으로 남아 있다. 소설에서 새로워진 의식은 철학으로 접근하게 된다. 철학에서 대상으로 하는 문제는 추상적으로 접근하게 된다. '형상적 사유'로 규정되는 문학에서 형상을 제한 것이 철학이다. 따라서 철학은 실감을 가지기 어렵다. 그것은 추상명사의 세계이다. 주체, 대상, 인식, 진리 등을 문제삼을 경우 실감 혹은 형상성이 소거된다. 고유명사의 세계를 지향하는 문학 혹은 소설은 이제 인간의 문제를 다루는 다른 방법론으로 자리잡아야 한다. 그래야 조금이나마 새로움을 추구할 수 있다.

김소래의 작품들은 작품들 사이에 편폭이 매우 크다. 전통적인 소설문법에 따라 쓴 작품과 4차산업혁명시대의 현실을 소설로 다룬 작품에 이르기까지 스펙트럼이 넓다. 이는 새로운 소설을 쓸 수 있는 가능성으로 보인다. 어느 한편에 자신을 얽어매는 작가는 소설적 자유를 구가하기 어렵다. 그의 이름 앞에 어떤 관형어로 쉽게 규정되지 않는 작가라야 진정한 작가이다. 그런 의미에서 김소래의 소설은 가능성이 크게 열려 있다는 진단을 가능케 한다. ✈